# 因為不是真正的夥伴而被逐出勇者隊伍，流落到邊境展開慢活人生 2

Banished from the brave man's group, I decided to lead a slow life in the back country.2

ざっぽん

插畫／やすも

Kadokawa Fantastic Novels

莉特
【莉茲蕾特・渥夫・洛嘉維亞】

「久等了，我們快下水游泳吧！」

CONTENTS

走龍因為能夠盡情奔馳而發出喜悅的咆哮，
我們便任由走龍不斷往前飛奔而去。

雖然看起來像一艘沒有帆的帆船，但有無數螺旋槳在旋轉，巨大的船體懸浮在空中。
艾瑞斯·史洛亞

「這是飛空艇。」
媞瑟・迦蘭德
「我用不起這雙翅膀——」
蒂奧德萊・狄費洛
露緹・萊格納索

「走龍果然很棒呢！」
「我好一段時間沒騎走龍了，能體驗到這種爽快的感覺還真是物超所值啊！太開心了！」
雷德
【吉迪恩・萊格納索】

ざっぽん
插畫/やすも
因為不是真正的夥伴
而被逐出勇者隊伍，
流落到邊境展開慢活人生2
Banished from the brave man's group, I decided to lead a slow life in the back country.
Kadokawa Fantastic Novels

# CHARACTER

**雷德**
**（吉迪恩・萊格納索）**

因為被踢出勇者隊伍而決定到邊境展開慢活人生。曾立下許多戰功，是除了勇者以外最強的人族劍士。

**莉特**
**（莉茲蕾特・渥夫・洛嘉維亞）**

洛嘉維亞公國的公主，過去曾與雷德等人共同冒險。出於種種因素，擅自跑來雷德的店和他一起生活。原本是傲嬌，但傲期已經過了。

**亞爾貝・利蘭德**

邊境最強的冒險者。擁有「冠軍」的加護，是個力圖上進的人。雖然在邊境屬於最強階級，但過去因在中央得不到認可才流落至邊境。

**露緹・萊格納索**

雷德的妹妹，體內寄宿著人類最強加護的「勇者」。以前很黏哥哥，總像跟屁蟲跟著哥哥到處跑，雷德也很寵愛露緹這個可愛的妹妹。

**艾瑞斯・史洛亞**

擁有「賢者」的加護，是人類最頂尖的魔法師。把雷德踢出隊伍的始作俑者。為了振興沒落的公爵家，成為勇者的夥伴。

**媞瑟・迦蘭德**

擁有「刺客」加護的少女，是艾瑞斯帶來取代雷德的隊友。雖然面無表情，但其實是全隊最有常識的正常人。養了一隻名叫憂憂先生的小蜘蛛。

**蒂奧德萊・狄費洛**

擁有「十字軍」的加護，是人類最頂尖的法術師，同時也是聖堂騎士流槍術的代理師範。個性克己禁慾，擁有武人氣質。對雷德的能力給予高度評價。

**達南・拉博**

擁有「武鬥家」加護的壯碩肌肉男。過去曾是道場主人，但所待的城鎮遭到魔王軍消滅。不過，其豪爽的個性讓人察覺不到這段昔日陰霾。

**亞蘭朵菈菈**

高等妖精，擁有操縱植物的加護「木之歌者」。在經過洛嘉維亞的戰役之後，成為勇者的夥伴。比其他隊友都更加堅定地信賴著雷德，不過……

# 序章

## 孤身佇立

這是發生在「勇者」露緹剛踏上旅途時的事情。

「唔！」

露緹發出一聲含糊不清的喊叫，因為哥布林丟出的短柄飛斧擊中了她的手臂。只見她按住鮮血直流的手臂，表情扭曲了起來。

「露緹！」

我立刻擋在露緹前面，用劍擊落又飛來的兩把短柄飛斧，然後抱起露緹迅速退到岩石後面。

「哥哥，抱歉……」

「不用道歉啦，畢竟妳昨天才開始拿劍啊。」

我笑了笑，讓露緹安心，接著舉起騎士劍從岩石後面一躍而出。

我躲掉接連飛來的短柄飛斧，衝到哥布林們面前，將這群哥布林斬殺殆盡。

剩下最後一名敵人是方才用短柄飛斧擊中露緹的哥布林族長，他擁有「操斧能手（Axeman）」

的加護。

族長撿起地上的雙刃戰斧，用雙手舉了起來。他的架勢散發出身經百戰的自信，但我背後就是受傷的露緹，因此我毫不猶豫地舉劍一口氣衝向他。

高舉過頂再揮落的斧頭即將命中頭部的瞬間，我用力站定前腳，緊急煞住奔跑中的步伐。眼前響起劃破虛空的斧頭刨開地面的聲音。

見到族長因為揮下沉重的斧頭而露出破綻，我趁機用劍貫穿他的身體。確認族長已經死亡後，我便趕回露緹身邊。

「露緹，妳沒事吧！」

「有點痛……」

露緹用手壓著傷口止血，呻吟似的這麼說道。

我從袋子裡拿出藥和水，將露緹的傷口清洗過後，塗上以菲沃斯草和克庫葉搗成的藥泥，再用布包紮起來。

「這樣就沒問題了。」

「……不痛了。」

露緹稍微活動手臂，確認會不會痛。

「三小時後再換藥吧。傷口到晚上應該就會癒合了。」

儘管不同於魔法，但用技能調合出來的藥能夠發揮驚人的療效。即便是需要縫合的患部，我的藥也能促進傷口癒合，讓肉和皮膚迅速重生。

「哥哥好厲害。」

「不過妳別太逞強啊。看到妳受傷，我感覺自己也跟著痛起來了。」

「這樣呀。」

露緹一副若有所思的模樣。接著，她靜靜地凝視著我。

「……但是，只要哥哥幫我塗藥，我就不會痛了喔。」

說完，露緹摸著手臂上的繃帶，臉上盡是溫和恬靜的神情。

＊　＊　＊

眼前是渾身鱗片黯淡的不淨龍（Dust Dragon），一種光是存在就會腐蝕大地的危險龍種。

我們此行目的便是討伐這頭盤踞在托奇山道襲擊旅人的龍。從外表來判斷，這應該是活了百餘年的成年龍。我以前交手過的灰龍（Ash Dragon）是二十歲左右的青年龍，而這傢伙可是完全不同級別的怪物。

「危險！」

我大喊一聲警告大家，但為時已晚。

龍吞食入腹的各種東西化為殘片，隨著吹息從牠的口中飛了出來，那些東西全都沾滿劇毒體液。露緹受到吹息的直接攻擊，導致全身上下都受了傷。如果沒有「勇者」加護賦予的「毒素完全抗性」，她全身早就被毒素灼燒得慘不忍睹了吧。縱使渾身是傷，她依然勇敢地往前衝過去。

毫不退怯的露緹似乎讓龍吃了一驚。心生動搖的龍試圖再次吐出吹息，卻被跳起來的露緹用降魔聖劍從牠的下顎一路貫穿到頭頂。

龍噴灑著無數殘片和毒液，同時癱倒下來停止了動作。

「露緹，妳沒事吧！」

我拔腿就要衝向露緹，但露緹已經施展了「治癒之手」，瞬間治好全身傷勢，沒有我出場的餘地。

「真不愧是勇者大人啊。」

艾瑞斯和其他隊友圍在露緹身邊，一致讚揚起露緹的作戰表現。大家都知道活了上百年的不淨龍也不是露緹的對手。儘管如此，我的手依然放在裝有傷藥的袋子裡，就這樣站在露緹和隊友們的小圈圈外看著他們。

# 第一章 現在不是冒險的時候

曆法上明明已邁入秋季，佐爾丹的早晨依然炎熱。

我拿著掃把打掃店門口。大部分的樹木都還沒察覺到現在是秋天，落葉只裝不到畚箕的一半，但隨著冬天的腳步接近，應該就會忙起來了吧。

地面打掃完畢，最後我用夾在皮帶上的毛巾擦亮訂做的新招牌。

「雷德&莉特藥草店」。

看著沐浴在朝陽下閃閃發亮的文字，一股溫馨之情湧上我的心頭。

「雷德，我這邊好了唷。」

店內傳來了聲音，那是目前跟我住在一起的莉特。我拜託她作開店的準備，看來是一切就緒了，於是我回到店內。

「我這邊也搞定了，那今天也開店營業吧。」

「嗯！」

莉特的雙手緊緊交握在豐滿的胸前。

「今天也要加油唷。」

看到這可愛的動作，我拚命忍住差點上揚的嘴角。

「嗯，一起加油吧。」

我盡量保持平靜地答道。莉特見狀嘴角也揚了起來，然後連忙用脖子上的方巾遮住竊笑的嘴巴。

我被逐出勇者隊伍之後，今天也在佐爾丹這座邊境城市展開了這樣的日常生活（慢生活）。

* * *

今天要送藥給平民區的紐曼醫生。我交給莉特顧店後，揹著藥箱在佐爾丹的早晨前往紐曼的診療所。

紐曼的診療所位於平民區一隅，是一棟說不上漂亮的建築物，原本應該是白底的牆壁都髒掉變成灰色。不過裡頭整理得很舒適，聽說在紐曼買下之前就是間診療所。

診療所設有一間診察室、一個接待處、一間候診室及一間倉庫，比普通診療所還要小。由於連紐曼的辦公室都沒有，所以他把文件之類的東西分別放在倉庫和診療室裡。

也許是這個緣故，他的收費較便宜，是備受平民區居民支持的診療所。

「哦，雷德，你來啦。」

紐曼那頭髮稀少的頭上纏著毛巾，似乎正在為得了感冒的孩子看病。

「在候診室等我一下吧。我這邊結束後就過去。」

「好的。」

在接待處的是一名將近二十歲的女性，雖然看起來不太認真，但接待他人活潑開朗。我在候診室的椅子坐下，環視周遭一圈。

坐在這兒的還有一名看似昏昏欲睡的老婆婆，現在正在接受診察的孩子應該是她的孫子吧。

這裡還擺著名為飛龍競賽的木製桌遊，大概是提供給候診的人打發時間用的。從用到很舊的情況來看，這東西長久以來大概為許多人帶來歡樂的時光。

候診室裡裝有窗戶，由於玻璃相當昂貴，所以窗戶是中空的，到了晚上就會把窗門關上。

窗戶上掛著一個銅製風鈴，每當有風吹過就會叮噹作響。風鈴起源於暗黑大陸，是在對抗魔王軍的戰爭中流傳開來的風俗習慣，但幾乎沒有人在意。

過沒多久，臉蛋紅通通的孩子和紐曼就回到了候診室。

「我會給你開藥。如果藥吃完了，就去雷德的藥店買藥吧。只要出示處方箋，他就能開出相應的藥物。」

說完，他將我的藥店所在地告訴他們。

「哎呀，雷德小弟，你終於開了店呢，真是恭喜你呀。」

「謝謝。婆婆想買藥的話，隨時都可以來找我。」

「也對呢，如果有治療腰痛的藥我會去買的。」

老婆婆和孩子把幾枚銅幣放在接待處，離開前向紐曼道謝之後便回去了。我瞥了接待處一眼，櫃檯上放著八枚銅幣。

「8克蒙而已，還真便宜耶。」

「因為我還收到了兩袋香腸。」

原來是以物易物啊。

剛才那位老婆婆家裡好像是肉舖的樣子。

「讓你久等了，來清點藥品吧。」

「沒問題。」

我打開放在地上的藥箱，把訂貨單遞給紐曼。他唸出訂貨單上的項目，我就從藥箱裡拿出來給他看，讓他確定東西都到齊了。

「確實都跟訂貨單上的一樣。對了，血針菇還是沒辦法取得嗎？」

「今年很難了。」

「果然不行啊。我明白了。」

「再一個月左右夏天就過去了，現在還有需要用血針菇做藥的流行病嗎？」

「和往年一樣，但沒有的話還是很傷腦筋。旅行商人也沒有準備多少數量，而且他們一知道缺貨就會趁機抬高價格。」

我們就這樣聊了一會兒，結果外面傳來尖叫聲，還有人倒下和摔破盤子等餐具碎裂的聲響。

「怎麼了？」

我和紐曼走出去一探究竟。只見街上的住宅和商店裡的人也鬧哄哄地相繼出來查看情況。

「聲音是從那家傳出來的吧？」

「好像是。」

紐曼也點頭同意我的判斷。我把手放在腰間的劍柄上，然後我們一齊走向傳出聲音的屋子。

「住在那裡的是一個叫做傑克森的中年男人。他因為飲酒過量，來我這裡看了好幾次病。去年老婆跑了之後就開始酗酒。」

「會是喝醉摔倒了嗎？」

「但願只是如此。」

我敲了敲玄關門。

「喂，傑克森先生，你沒事吧？」

問完，我豎起耳朵傾聽。沒有回應……不過——

「有呻吟聲，抱歉，我進去了喔！」

我嘗試開門時聽到喀鏘的聲響，才發現門上鎖了。我拔出劍，毫不猶豫地貫穿門鎖，把它破壞掉。

「聲音好像在寢室那邊。」

我跑過走廊，打開寢室的門，看到一個臉色慘白、雙目充血的中年男子按著胸口倒在地上呻吟。

「傑克森！」

紐曼在他旁邊坐下，立即著手診斷症狀。

「情況很嚴重。雷德，把你的藥箱拿過來。」

「好的。」

我隨即趕回診療所，粗魯地把剛才拿出來的藥塞回藥箱，再次往紐曼那邊過去。

回來後，我看到紐曼用帶來的刀割開患者的衣服，進行觸診以確認心跳。

「心臟也不太對勁。」

紐曼當下先確保他的呼吸道暢通，再施行協助呼吸之類的急救措施。然而，由於不清楚原因所在，紐曼似乎也不知該如何處理。

「試試這個。」

我從藥箱裡拿出用灰色海星草做成的藥粉遞給他。這是解毒藥的一種，能夠吸住血管內的毒素，使毒性消失後直接排出。

「你看出問題在哪了嗎？」

「只是緩和症狀而已。我把『急救』升到專精了。」

「急救」這個通用技能類似於醫生等職業的固有技能「治療術」，但效果較差。

不過，急救的專精能力是「臨場神醫」，唯有這個技能具備媲美「最上級治療術」的效果。即使病因不明，也能透過這個技能知道緩和症狀的方法。雖然無法根治，但可以緩解疼痛或止血等，暫時改善危急狀態，爭取時間讓病患能夠撐到以正規魔法或技術進行治療。

紐曼有一瞬間面露困惑，但馬上恢復認真的表情，點點頭從我手上接過藥。

在他治療時，我調查周圍是否有能夠判斷病因的線索，隨即便注意到有張正方形的紙掉在地上。我摸了摸，發現表面還殘留些許不明的粉末。

「是藥嗎？」

如果擁有「藥師」或「鍊金術師」的加護，只消淺嘗一下就能知道是什麼，但我沒有那種能力。

「紐曼醫生，我發現了這個。」

我把紙拿給他看。

「這是……！雷德，幫我把他抬進診療所！」

「可以動他嗎？明白了！」

由於沒有擔架，於是我抬著病患的頭，紐曼則抬著他的腳，把人往診療所的方向抬過去。

外面看熱鬧的群眾看到我們後，率先幫我們開路。

「讓開、讓開！」

在平民區居民洪亮嗓門的開路之下，我們回到了診療所。

＊　＊　＊

沒多久後，傑克森大吐了一次，情況才總算穩定下來。雖然他看起來還是很痛苦，但似乎已經可以正常呼吸了。紐曼神情凝重地把裝著嘔吐物的桶子搬進診察室，負責接待的女性帶著擔心的表情手忙腳亂地協助紐曼。

「儘管還不能大意，不過已經脫離危險了。」

紐曼「呼～～」地吐出一口長氣。

「病因究竟是什麼？」

「最近似乎很流行這個啊。」

我歪頭不解，紐曼便給我看剛才那張紙。

「這是毒品。最近取得許可的藥……其實另有隱情。聽說當局立即實施管制，但已經有相當龐大的數量流入了市面。」

我想起之前去申請麻醉藥許可時發生的騷動。

「所以說是藥物中毒嗎？」

「詳細症狀和對策其他醫生也在研究中。不過，我倒沒想到灰色海星草會有效，我可以分享給其他診療所嗎？」

分享當然沒問題，但被人知道是我發現的該怎麼辦？這時候把功勞讓給紐曼醫生也顯得很不自然。

雖然這點程度應該不至於讓我暴露身分……就當作我的加護最多只能使用「中級調合」，在診治病況上除了急救之外別無他法，這樣或許就說得通了。

想到這裡，我簡短地答道：

「可以啊。」

儘管傑克森尚未恢復意識，但我還要忙店裡的事情，便決定回去了。

「有你在真是太好了。」

臨走前，紐曼向我彎腰道謝。

「關於毒品的事，我認為目前只是還不到中毒的階段，今後應該會有不少患者被抬進診療所，所以我希望你那邊也能先幫忙備好藥材。」

「我明白了。我的庭院就有種灰色海星草，因此庫存沒問題。要是不夠了，隨時都可以告訴我。」

「你真的很可靠呢。」

毒品啊？不曉得到底是誰帶進來的；但我也沒有主動追查這件事的打算就是了。

＊　＊　＊

「太慢～了！」

一回到店裡，莉特就噘起嘴發牢騷。

「人家快餓扁了啦～」

這麼說來，時間已經過中午了。

「抱歉、抱歉，遇到了一點麻煩。」

「麻煩？你不是去偷懶喔？」

「我在紐曼醫生那邊啊……就是妳還記得我們之前去申請新藥許可時聽到的毒品問題嗎？附近有人因為毒品而出現了中毒症狀，我就去幫忙急救了。」

「原來如此，已經出現中毒患者了啊……那個藥這麼危險啊？」

「不曉得，或許只是剛好體質不合也說不定。今後應該會愈來愈多這種病患，所以紐曼醫生拜託我幫忙準備藥材。」

我邊說邊走向洗手間洗手。當然，這是為了接下來要下廚。

「傍晚前我還要去一趟市場，到時候就麻煩妳顧店了。」

「沒問題，然後我午餐想吃歐姆蛋捲。」

「我記得預先做好的番茄醬汁還有剩，應該很快就能開動了。」

「太好了。」

旅行的時候，我會在一種叫做道具箱的收納用魔法道具裡常備雞蛋。雞蛋很營養，而且有很多不同的料理手法，不管是主餐、配菜還是調味醬汁都用得上。

我拿起雞蛋後，開始煩惱。歐姆蛋捲要煎成半熟或全熟都看個人喜好。我基本上喜歡把表面煎成酥脆的樣子。

另外就是裡面的餡料……絞肉、堅果和洋蔥等食材要在煎之前加進去。這也是喜好問題，邊煎邊包進去應該也很好吃吧。

我做給自己吃的時候都是按照這個步驟……

「不知道莉特喜歡哪一種。」

有人一起用餐的話，我就會有點拿不定主意。是不是該問問莉特的喜好呢？

我就這樣拿著雞蛋煩惱了一下子後，並沒有回去找莉特，而是打起了雞蛋。

先讓她吃吃看我認為最美味的歐姆蛋捲好了。我在心中如此決定。

＊　＊　＊

把紅色的番茄醬汁淋在煎得酥香的歐姆蛋捲上，再撒上羅勒粉。

配菜是兩根香腸，還有香草湯和白麵包。

莉特吃了一口便揚起嘴角，接著一鼓作氣地吃了起來。

可能是因為過了午餐時間導致肚子餓太久，她一點也不秀氣地用湯匙大口大口地喝著湯。

「嗯，真好吃。」

回過神來，我發現自己跟著揚起嘴角，接著我也開始享用餐點。

遠比烹調中試吃的還要美味，或許是因為眼前有人正吃得津津有味的緣故吧。

「明天我要上山喔。」

「採藥草嗎？還有庫存呀。」

「因為發生毒品危害的問題，他們需要用灰色海星草做藥。雖然我們有一定程度的庫存，庭院也有種，但我還想再多累積一點庫存。」

「我明白了。你有野營的打算嗎？」

「會住一晚。灰色海星草沒有固定的群生地點，都是零星生長在倒樹陰影處之類的地方，所以要花點時間蒐集。」

「了～解。店裡就交給我，你儘管放心吧。」

「如果有人來買解毒藥，妳就把第三個架子上的藥拿給他。」

「是灰色海星草的粉末對吧。」

「還有就是……啊，等我回來後，隔天就休息不開店吧。」

我感受著從窗戶吹來的微涼秋風，忽然興起一個念頭，便這麼說道：

「我們兩個去河邊玩水吧，在河岸烤個肉啊，或是游個泳之類的。」

「就我們兩個嗎！」

「對，就我們兩個。」

「好啊，那得趕緊把事情處理完呢。」

因為我想要在沒辦法玩水前，和她一起在河邊輕鬆玩水。

藥的事情都還沒解決，怎麼可以休假去烤肉？雖然這樣的想法也曾掠過腦海，但我只是個開藥店的，攸關世界或城鎮之類的責任已經不關我的事了。

「把工作拋到腦後，出去好好玩一趟吧！」

或許莉特也明白這一點，只見她笑著如此說道。

＊　＊　＊

久違的山上依舊是一片青翠的夏妝。

「你們差不多該放棄抵抗，承認秋天來了吧。」

聽到仍然持續不間斷的蟬鳴，我面露苦笑，一邊用銅劍掃開茂密的草木一邊前進。若要採藥草，別說山路，必須走進連獸徑都不是的真正深山才行。這是相當粗重的工作，得隨時注意不能被毒蛇之類體型小卻很危險的動物咬到腳。

「而且還會遇到這種魔物。」

腳邊的苔蘚團冒出泡泡，伸出沾滿苔蘚的觸手。

我立刻往後跳開，躲過這個緩慢的攻擊。

「是巨型變形蟲啊？」

別名小史萊姆。變形蟲看起來像史萊姆種，實則不然；但因為外表相似，很多冒險者都當作史萊姆來看待。它不同於史萊姆，是用劍砍就能造成傷害的脆弱魔物，還被冠上了劣化版史萊姆，也就是小史萊姆這個不光彩的名稱。

我將劍高舉過頂，往慢吞吞地朝我爬過來的巨型變形蟲劈下去，擊倒了它。這種等級的魔物對於強化加護毫無作用。

山上有形形色色的魔物和動物，有的會立刻襲擊過來，有的會埋伏靜待有利情勢，有的會逃走後把同伴呼喚過來，各有不同的應戰方式。

深山還有可能是源自古代妖精時代的奇美拉繁殖地，也有從「世界盡頭之壁」流浪過來的離散巨魔和古革巨人等巨人種。

這裡畢竟長年人跡未至，所以能採到不少藥草和山蔬，但並非新手冒險者能活得下來的環境。在這種危險地區，蒐集情報和解讀地圖等各種求生手段都會受到考驗。Ｅ級冒險者之所以只能承接由冒險者公會委託的工作，也是為了確認他們是否具備這些基本能力。

要成為冒險者雖然沒有考試，但最初的委託可以說是考試的替代項目。

話雖如此，奇美拉對我而言並不是危險的對手。奇美拉是一種獅身上長著龍頭和山羊頭的詭異怪物，三顆頭同時攻擊以及龍頭釋放的吹息攻擊相當棘手。

不過，魔物的受歡迎度是難以理解的東西，奇美拉在模擬屠龍戰中受到以成為屠龍英雄為目標的冒險者歡迎，而且也因為具備山羊的親人特質，會將幼體以５０００佩利左右的價格賣給挑戰成功的冒險者當作寵物。

而我所前往的地點正是奇美拉的繁殖地，那裡是快速蒐集灰色海星草的好地方。之前去調查的時候，我發現樹木與古代妖精的建築盤根交錯，形成很多灰色海星草喜歡的陰暗處。

＊　＊　＊

我來過這裡好幾次，每次都把襲來的奇美拉反打回去，漸漸地，那些奇美拉也許明白了我是麻煩的對手，開始放任我自由來去。

最後一次襲擊是十頭左右聯手同時發動攻勢。那次讓我很驚訝，苦戰一番後受了不少傷，但後來奇美拉看到我就會主動遠離，再也沒有襲擊過我，試圖逼近我的奇美拉甚至還會被其他奇美拉趕走。

我現在之所以仔細回想這些事情，算是逃避現實的一種表現。差不多該放棄掙扎，認清狀況了。

眼前有個雙眼亮晶晶地看著我的嬌小女性，我猜她應該是新手冒險者。不曉得是沒有蒐集情報還是小看奇美拉，又或者是迷了路，總之她在這個奇美拉繁殖地遭到奇美拉襲擊之際，我無法坐視不管只好過去營救她，結果奇美拉看到我就逃走了——這便是現在的情況。

「請把你的名字告訴我吧！」

「…………」

「啊，對不起，我還沒有報上名字！我叫做艾麗絲！」

自稱艾麗絲的少女所使用的武器是和嬌小身材不相襯的大鐮刀（Scythe），以新人而言相當有個性。好，開溜吧。

「咦？」

我發動雷光迅步，瞬間逃離了現場。

在這個地方救了她的是山中的精靈。萬一城裡有人問起這件事情，我就這樣回答他們好了。

在山中跟新手女冒險者埋下日後伏筆？

少開玩笑了，我所嚮往的慢生活是不存在那種「冒險」的。尤其那種裝備奇怪的冒險者更要小心。

反正那個新手冒險者一定會攬下各式各樣的麻煩事，搞到自己為了解決那些麻煩而四處奔波。

烏鴉在我頭上「嘎」了一聲，彷彿在嘲笑我。連奇美拉也退避三舍的我，竟然從新手冒險者身邊落荒而逃，烏鴉看到後究竟是怎麼想的呢？我忽然有點在意。

以下是相隔許久之後的後話——

「那絕對是在東方流傳的天狗惡魔。東方的惡魔未必是壞的，相傳有的會幫助在山裡迷路的人。」

「天狗惡魔……」

我聽說有冒險者在城裡談論這個話題。應該跟我無關吧，一定是這樣。

＊　＊　＊

隔天，我在下山回家前又去了一次血針菇的群生地。

本來燒成荒野的那個地方已經被綠意覆蓋。

鴞熊的屍體早就被其他動物或魔物吃得一乾二淨，不留一絲痕跡。

「嗯，明年應該就會恢復原狀了吧。」

說不定還能採集到比往年還要多的血針菇。從這裡感受到的生命力，給了我這樣的預感。

明年一定會忙著採藥草吧。

下山走官道回去的時候，我看到一隻穿著昂貴婚紗的哥布林正拿著菜刀在唱歌，我當作沒看到。

再往前走，有個騎士堵住了橋引發騷動，於是我繞路走。

繞路後，遇到一個可疑的男子朝我大喊，說是希望我能去取回遺留在魔術師宅邸的遺產。

我拒絕了，並請他去冒險者公會。

「……今天怎麼老遇到怪人。」

對冒險者來說，這可能是遇到任務的驚喜瞬間，但現在的我還有明天的約定。回到家後，我打開門便聽到輕快的跑步聲。

「我回來了。」

「歡迎回來！」

看吧，現在可不是去冒險的時候。

＊　＊　＊

隔天，我和莉特在店門掛上寫著「本日店休」的牌子。

「好了，那就出發去玩水吧！」

「好～！」

「保冷箱帶了嗎！」

「帶了！」

「裡面有東西嗎！」

「有肉、蔬菜、葡萄酒和啤酒！」

昨天遇到的那些怪人已經和尋求任務的冒險者相遇了嗎？

加油吧，我也會努力烤肉、下河游泳的。

我們租了走龍，並排騎在官道上。

我很久沒騎走龍了。龍獸種是大陸最常見的龍種，飛龍也有毒尾龍獸這個正式名稱。牠們和巨龍種的不同之處在於腳的數量。巨龍種有四足和一對翅膀，而龍獸種只有雙足和一對翅膀，智力也和野獸相近，可以像這樣藉由訓練來騎乘代步。

走龍是品種改良後的成果，使其翅膀縮小退化，靠強壯的雙足飛也似的奔馳。閃閃發光的褐色鱗片既柔軟又溫暖，發達的眼瞼能夠保護牠們在強烈的陽光、沙塵和大雪中奔跑時不傷害到眼睛。

缺點就是飼料費不少，牠們的食量是馬的三倍，而且還是肉食性。

大城市有國營租賃店，在那裡出示居民的身分證件，再繳納１００佩利保證金就能租到走龍。１００佩利只是保證金，歸還時會扣掉以一天三枚四分之一佩利銀幣計價的租賃費。

「走龍果然很棒呢！」

莉特開心地說道。

我們之所以特地選比馬昂貴的走龍，就是為了享受這種乘風的感覺。

走龍退化的翅膀雖然無法產生足以飛翔的升力，但可以「抓住」風，輕盈地跳著跑。這是其他坐騎難以得到的快感，不少人租走龍只是因為想騎走龍。

不過，還是有人熱愛馬匹強勁的奔馳力道；也有人喜歡騎乘用壁虎，把牆壁和天花板當作地面，縱橫三次元的驚險刺激感。

對於用銀幣生活的人們來說，騎乘是一大樂趣。

強風吹來，走龍的身體忽地躍上空中。

「呀呼——————！」

莉特大叫著，我也不禁發出歡呼。

走龍垂下頭，張開充滿光澤的翅膀，跳了將近十公尺的高度。

著地幾乎沒有衝擊。這兩頭走龍擁有「鬥士」的加護，雖然因為戰鬥機會很少以致等級較低，但身體能力有所提升，騎起來相當爽快。

「抱歉做了這種任性的要求！」

「不會，我好一段時間沒騎走龍了，能體驗到這種爽快的感覺還真是物超所值啊！太開心了！」

沿著河流向上游奔馳而去，到附近山麓的清溪要花一小時。當然不可能一直都按這個速度奔跑，但走龍因為能夠盡情奔馳而發出喜悅的咆哮，我們便暫時任由走龍不斷往前飛奔而去。

＊　＊　＊

我不經意地望向天空，發現兩匹天馬正快意地翱翔於天際。

「牠們是一對吧？差不多是天馬的繁殖期了。」

馬身長出巨大白翼的天馬和睦地在天上盤旋。天馬是性情極為溫和的魔物，許多地方都禁止狩獵。此外，牠們雖然力量不及鴞熊，但擁有連灰熊都能踹死的腳力，因此足跡遍布阿瓦隆大陸。至於暗黑大陸那邊，據說因為濫捕而導致數量逐漸減少。

「久等了，我們快下水游泳吧！」

莉特的泳衣是繞頸比基尼，那種不是用肩帶固定住，而是將上衣的綁繩繫在脖子上的款式。平時被衣服覆蓋住的豐滿胸圍每走動一步就會不斷上下晃動，讓我的眼睛無所適從。

不過，要是站到了她後面，那大敞的緊實後背就這樣……

當我從後面看著莉特的後背之際，她就轉過身來了。

「嘻嘻。」

她似乎一直都看著我的視線去向，只見她用手遮住嘴，滿意地笑了起來。

我們抵達河邊後，決定在著手烤肉前先去游泳，於是從莉特的道具箱裡拿出小型帳篷，輪流在那裡換衣服。

……雖然我稍微想像了一下兩人背對著彼此一起換衣服的畫面，但這不能怪我，一般人應該都會有這種想法。嗯，沒錯。

「我可能比自己所想的更有興致啊。」

儘管我覺得這樣很不像我自己，但被莉特拉著手一起下水的時候，河水的涼意讓我和莉特都不禁叫出來的時候，兩人像小孩一樣互相潑水的時候，潛入水裡的莉特鑽出水面的時候，每次我都在不知不覺中揚起笑容。

令人傷腦筋的是，莉特似乎也注意到了。但是她自己同樣笑得合不攏嘴，所以我們是半斤八兩。

「差不多該吃午餐了吧。」

「好啊。」

這次我主動朝莉特伸出手，她顯得有一點訝異。

「謝謝！」

她這麼說道，抓住了我的手。

騎士與羅曼史密不可分。騎士故事中一定會有需要幫助的美麗公主、幫助騎士的才女，以及向騎士投降後成為戰友的魔女等角色登場。

然而，最起碼我是沒有那種邂逅，也沒聽騎士同袍們提過實際的相關遭遇。

所以我想表達的意思，就是從小被招攬為騎士，經歷諸多冒險，從勇者露緹離村起就一直在隊裡的我，沒有任何戀愛經驗。

當我還是副團長時，當然有人來牽過線，但我知道露緹擁有「勇者」的加護，甚至在我成為騎士之前，就已經明白露緹啟程時我也要陪伴她前行。

我根本沒時間談情說愛。露緹踏上旅途那陣子，我還得和能夠成為後盾的有力人士保持來往，也要存錢以免旅途中缺錢受苦。

因此……

（不知道該說些什麼……）

我和莉特並肩吃著烤好的肉和蔬菜配葡萄酒。

一開始還能正常對話，但看來我們彼此都因為對方而感到緊張，對話逐漸接不下去，現在兩人正沉默地啜飲著葡萄酒。

我往旁邊瞥一眼，而莉特好像也在思考同樣的事情，於是我們便四目相交了。我們兩個都紅著臉連忙移開視線。

「……噗哧。」

「……呵呵！」

「「啊哈哈哈哈……！」」

我們放聲大笑。太不像樣了，就算是兩個小朋友交往也比我們更懂一點情侶的相處之道吧。

「我還以為莉特會更熟練呢。」

「什麼意思嘛，我看起來像很熟練嗎？」

「不是啦，因為妳來我店裡的時候還滿積極的啊。」

「我內心可是很抖，擔心被你拒絕，也怕你把我忘了……這麼說起來，我也以為你會更熟練耶。」

「這又是為什麼？」

「不管我怎麼示好，你的表情都沒變過，一直很冷靜啊。我還覺得自己在你眼裡是不是就像小孩子裝大人一樣呢。」

「那是因為我在想，要是表現得很害羞就太遜了。」

我們互相說出心裡話，然後表情舒暢地一起笑著。

我往莉特的位置稍微挪了挪，莉特也往我這邊湊近，將穿著泳衣而光裸的肩膀靠了上來。

「要再開一瓶葡萄酒嗎？還是說要去游泳？」

「唔……我還想再這樣待一下子。」

「嗯……好，就這麼辦吧。」

看來我們的戀愛等級都是1。交疊的手，互觸的肩膀，對方傳來的體溫。

看來還不成熟的我們，僅僅如此便心滿意足了。

但也沒什麼不好的。

「不過呢。」

「嗯？」

聽到莉特這麼說，我便看向她。

她的眼眸就近在我眼前。

莉特輕輕一動，有個柔軟的東西碰到了我的嘴唇。

我們就這樣停了一會兒……然後才分開。

「這點事……應該要先做才對。」

莉特微微低頭，用手遮住嘴巴這麼說道，卻讓我覺得異常可愛。回過神之際，我已經將她擁進了懷裡。

＊　＊　＊

到了隔天，今天開始又要工作，回歸日常。

「那麼，工作囉。」

「有幹勁是好事，只是沒什麼可做的吧？」

莉特露出苦笑。她說得也沒錯啦。

「藥店真是閒啊。」

「跟薄利多銷的概念相反嘛。不過，我們並不用像史托兄的家具店那樣做一件要花很長的時間，也不用像紐曼醫生那樣記錄患者的情況。」

藥店一天只要賣出一點商品就很賺了。另外還有紐曼介紹的生意，也就是定期補充各醫院的藥品，所以用不著擔心。

「話說回來，你的麻醉藥情況如何了？」

「我想先附上資料發給每間診療所。」

「畢竟是新藥，要得到認可必須花上一段時間呢。之前那個毒品的解毒劑呢？」

「那邊還沒動作。妳在顧店的時候也沒有增加訂單之類的吧？」

「嗯，中毒事件除了你做過急救的那個人之外，只有一例而已。」

又發生一例了啊？

「不過，冒險者都在說毒品本身已經傳開了。」

不只佐爾丹，毒品是在所有都市蔓延的惡習吧。

這個大陸的每個人都致力於戰鬥，用藥止痛很常見。而藥具有成癮性，適量倒沒問題，但如果在連日戰鬥中使用就會中毒，導致沒必要使用時也渴求藥物。冒險者引退後的中毒災情在王都也受到高度重視。

「所以，那個毒品有什麼效果？」

「和雷德一樣是申請作為止痛的麻醉藥，但是聽說吃下平常的三倍量，就會產生解放感。」

不愧是B級冒險者，閒暇之餘還能調查得如此詳細。

「另外就是，其實我也聽不太懂……他們說可以成為嶄新的自己。」

「嶄新的自己？和解放感不一樣嗎？」

「嗯，賣家特別強調是嶄新的自己。」

毒品讓人成為嶄新的自己？這是什麼鬼。

「會是魔法藥水嗎？不對，魔法藥水必須是液態才行。」

再說，能夠重現魔法的魔法藥水需要讓魔法師一瓶一瓶手工注入魔法，沒辦法大量生產。

所以不適合這種預先準備大量毒品再一口氣出售的招數。

「更何況魔法藥水不屬於新藥，沒必要取得許可。」

果然和我做的藥一樣，是透過藥草的作用來發揮效果的吧。雖然我不是很懂什麼叫做嶄新的自己就是了。

「有沒有可能是從野妖精那邊引入毒品的配方？」

「不可能啦，要是有那種大發現的話，對方也不會選擇在佐爾丹散布毒品，而是經濟規模更大的地方，而且光是拿到鍊金術師公會就能得到一大筆錢了。」

所謂的野妖精，指的是無法融入文明而住在深山的妖精們。他們好像在木妖精時代就被稱為野妖精，也有學者認為他們是古代妖精的直系末裔。

我以前潛入過一次野妖精的聚落，親眼看到那裡連小屋都沒有，他們都像野獸一樣睡在荒郊野外，實在是深受震撼。當然，他們身上一絲不掛。即使在這種狀態下，他們也沒什麼體臭，臉和身體是髒了些，但更凸顯妖精的強悍生命力，看上去甚至還覺得滿美的，妖精這個種族真是厲害。

儘管野妖精過著無異於野獸的生活，也沒有文字，知識卻相當豐富，只要把一部分的知識帶回人類世界就賺翻了。

這次的毒品也一樣，搞不好是從野妖精那邊帶來的……雖然可以這麼懷疑，但特地跑到邊境的佐爾丹來賣根本沒意義。

「會不會在其他地方賣過，被趕走後才來這裡的？」

「在佐爾丹是打聽不到這種消息的呢。」

也罷，別再費心思考這個問題了吧，反正也得不到解答。

就在此時，店門發出了巨響，只見一名渾身是血的男人滾也似的衝進店裡。

「莉特！」

不用我出聲，莉特早已去拿藥和繃帶了。真不愧是她，我放心地走向那個男人。

「你還好嗎？先讓我看一下吧。」

男人試圖說些什麼，但似乎太過恐慌以致說不出話，只是不斷揮舞手腳亂動著。

「莉特，鎮定劑！」

莉特從裡面丟來裝著藥的小瓶子。一般藥師肯定不會這麼粗魯，但我和莉特是絕不會失手的。

我在視線不離男人的情況下用右手壓住他，左手則接住藥後立刻打開蓋子，放到他的鼻子下。

男人的眼神瞬間失焦，彷彿無力一般平靜下來。

「很好。」

我迅速診斷他身上的傷勢。就目前來看，重傷共有三處，全部都被厚實的刀刃狠狠剜開。

這可不妙，不趕緊處理就來不及了。

可是……還是得調查一下外頭發生了什麼事。

「莉特，幫我拿來止血劑和繃帶就好。然後妳能帶武器去看看外面的情況嗎？」

「看來不是意外造成的傷吧？我明白了。」

莉特把藥遞給我後，拿起愛用的曲劍小心謹慎地走了出去。

＊　＊　＊

走出店門離開雷德後，莉特環顧周遭。

四下無人，但遠處能聽到哀號和怒吼，應該是隔著房屋再過去的那條街道吧。衝進店內的男人所流的血也一路延伸進小巷子。

莉特循著血跡跑過去。從男人的傷勢來看，他應該沒有跑得多遠。當她進入小巷子之後——

「唔哇啊啊啊！」

迎面跑來一個發出慘叫的男人。

莉特瞬間壓低姿勢。

「嘿！」

她輕輕躍到空中，從男人頭上飛了過去。

儘管目睹近乎雜耍表演的驚險特技，男人依舊頭也不回地跑掉了。

（看起來不像打架的樣子。）

那是面臨性命危機時，處於恐慌狀態的眼神。莉特清楚記得，那些遭到魔王軍襲擊而四下逃竄的人們，露出的正是那種眼神。這前方不可能是阿修羅惡魔錫桑丹，她雖然明白這一點，但還是握緊了劍柄。

她衝進街道，在那裡的果然不是阿修羅惡魔。

不過，那是個出乎預想的人物。

六名流血的男女倒在地上，有的人按著傷口呻吟，有的人頭部破裂，一看就是當場死亡。倒下的人裡頭，有一人是持長槍的衛兵，他的鐵盔被壓扁，倒在血泊中的臉一動也不動。

在場還有三名料想是犯人的男人，他們手中的染血戰斧拖在地上，咧嘴發出「嘻嘻」的噁心笑聲。

莉特瞪著中間的男人，沉聲開口說：

「……你是亞爾貝隊裡的『盜賊』吧？」

她內心也很驚訝。儘管是亞爾貝的跟班，但這男人可是佐爾丹最強B級冒險者隊伍中的一員。

「莉特、莉特、莉特呃呃呃呃……」

他很不正常。莉特的直覺這麼告訴她。其他兩個人也是，見到英雄莉特卻沒有一絲畏懼。不僅如此，他們還像是在威嚇似的咬得牙齒喀喀作響。

「你們幾個是怎麼回事？」

莉特跟亞爾貝的隊伍不怎麼熟，但同為B級冒險者偶爾會說到話。

她記得這個男人的名字是彼克．坎博。雖然有冷酷的一面，但應該是個精神正常的冒險者。

然而，眼前這名B級冒險者完全不像有理智的模樣，更像一隻沒有理性的魔物。

坎博揮動著斧頭蹬地而起。莉特沒有立即行動，而是將曲劍架在左右兩側，靜靜等待著。

（好快，而且很強勁。這就是盜賊加護的戰鬥方式？）

坎博衝進莉特的攻擊範圍後，眼看就要揮下斧頭，這時莉特往前踏出一步。

斧頭揮空，兩人錯身而過。坎博的胳膊無力垂下，鬆手把戰斧掉在地上，發出匡啷一聲。

他的身體像是終於想起被砍到的地方一般，轉眼間染紅衣服，而後便倒下了。兩名男人大吃一驚，連忙架起斧頭。

莉特驅使「精靈斥候」的加護所帶來的超人體能，移動一步拉近距離，然後舉起曲劍攻擊過去。一陣金屬激烈碰撞的聲音響起。

「唔！」

然而，曲劍的劍刃被男人用戰斧的手柄擋住了。

儘管莉特略為驚訝，又以行雲流水的動作用曲劍反砍回去。

彎曲的劍身越過戰斧，劍鋒刺入側腹，直擊內臟。

劍刃拔出來後，男人便流著血跪倒在地。

「噫！」

最後一名男子倒是露出畏懼的神情逃走了，彷彿剛才的猖狂是騙人的。莉特本想追上去——

「嘎！」

從小巷裡飛竄而出的箭矢貫穿了男人的側腦勺，把他釘在房屋的牆上。

無須確認，絕對是當場死亡。

「亞爾貝。」

莉特眼露凶光地看過去。

在小巷裡的是架起十字弓的亞爾貝和紐曼醫生。

「抱歉，我的隊友似乎給妳添麻煩了。」

亞爾貝用謹慎的表情說道。

「亞爾貝，這是怎麼回事？」

「我也不清楚。沒想到他竟然會犯下這種凶行。」

亞爾貝說得像是事不關己一樣，剛才死掉的可是他的隊友。

「不說這個了，應該要先救倒在地上的人吧？」

「噢，也對，沒錯。」

紐曼連忙抱著手提包走向倒下的人們。

「真希望妳的未婚夫也能一起來啊。藥費可以算在我頭上。」

亞爾貝前幾天明明差點死在莉特的劍下，他卻一副若無其事的模樣，依然是裝模作樣的口氣。莉特看在眼中很不是滋味，體內的加護開始叫囂著要「殺死敵人」。

「我、我得去幫那個醫生才行，先走一步了。」

也許是感覺到莉特身上逐漸湧起的殺氣，亞爾貝急忙走向紐曼，彷彿是要逃離她的視線。

「…………」

匡噹！金屬音響起。亞爾貝嚇了一跳，轉頭看莉特。

只見莉特保持著伸直右手的姿勢，就這樣鬆手讓劍掉落，這讓亞爾貝臉上浮現疑惑的神色。

這是加護的衝動襲來之際，莉特為了取回自我而進行的一種儀式，也就是伸出拿著武器的手，再鬆開讓武器掉落。

「呼。」

她用左手撿起武器，慢慢收回劍鞘。

然後才終於舒了一口氣。

＊　＊　＊

倒下的六人有兩人是當場死亡，有生命跡象的四人有一人未能及時救治而喪命，另外三人雖然身受重傷，但總算是撿回了一命。

加上逃到我店裡來的，總共有七名受害者。其中三人是半妖精，其他是人類。幸好紐曼在來我店裡的路上遇到了他們，儘管遭到斧頭多次劈砍，仍有半數人倖存下來，算是不幸中的大幸吧。

佐爾丹議會公開表彰英勇應戰卻殉職的衛兵亞瑟，並將發放遺屬年金給他的妻子和兩個孩子。

年紀尚輕的妻子非常堅強，她表示自己以挺身為市民爭取逃離時間的丈夫為榮，然而旁邊的女兒早已代替不能哭的母親嚎啕大哭了。

發瘋的Ｂ級冒險者。

這對冒險者公會來說是一樁令人頭痛的醜聞，但如今莉特半引退，亞爾貝的隊伍受到了特別的禮遇。

亞爾貝帶著沉痛的表情為隊友的罪行致歉，不過想必在找到新夥伴之後，他還是會繼續從事冒險者工作吧。

「沒什麼變化啊。」

我把原本在閱讀的木版印刷報紙放到一旁。

距離那起慘劇已有一週。外頭差不多吹起了涼風，但除此之外沒有任何變化。

「驗屍是誰負責的？」

把頭枕在我大腿上的莉特這麼問道，也就是所謂的枕大腿。

她最近好像很喜歡這樣，一逮到機會就會鑽過來。說真的，我才想要躺在她的大腿上呢。

「不曉得，報紙上沒寫。妳也覺得是因為藥而發狂的嗎？」

「我是這麼想的……而且，他們比我想的還要強。我能想到的可能性只有用藥強化而已。」

「哦？」

「我之前看過亞爾貝隊裡那個坎博的身手，就算是客套話也說不上多強。但是，那天我卻感受到一股不能輕易接近的壓迫感。其他男人也是，能接下我的劍的人，在佐爾丹不可能只是個無名小輩。」

「聽說其餘兩人是跟坎博組過隊的C級冒險者。坎博跳槽到亞爾貝隊裡之後，他們的關係還是很好……從經歷上來看，確實不像有本事能接住妳的劍。」

「對吧。」

既然實際交手過的莉特都這麼說了，那應該錯不了。

是用了強化藥水嗎？

「只要驗血就能知道藥效了吧？」

「前提是要有技能和試驗藥……我其實比較好奇擁有『盜賊』加護的坎博為何會用斧頭。」

「的確沒聽過擁有『盜賊』加護的人會使用斧頭。」

「這是當然的。『盜賊』的加護偏好使用輕型武器，斧頭這種武器不適用大部分的固有技能。」

所以，我實在想不通他怎麼會用斧頭。如果是因為沒其他武器可用，那用斧頭倒是可以理解……

「我也不覺得他當時是被逼入絕境而沒有武器可用。」

「更何況臨時拿一把武器就能和我交手……這太令人難以置信了。」

謎團愈來愈深了。

「怎麼辦？要仔細調查一番嗎？」

莉特從下方望著我這麼說道。

「……該怎麼辦好呢。」

自家店鋪附近發生殺人案件，而且疑點太多，總覺得背後有內幕。

「莉特想怎麼辦？」

「我想就這樣直接睡覺。」

說完，她枕著我的大腿閉上了眼。

「……唔。」

我輕撫著莉特的髮絲，思考接下來的打算。

啊，我想起自己還在當見習騎士的時候，宿舍裡的貓也是這樣的感覺。

* * *

門上的鈴鐺清脆地響了起來。

「雷德哥哥，我們來玩啦。」

「你、你好。」

我正在想差不多該吃午餐時，坦塔和艾爾這兩個小小半妖精搭檔就來店裡了。

「喲，坦塔和艾爾，歡迎你們來啊。我正打算做午餐呢，你們要吃吧？」

「嗯！」

「希、希望不會給你添麻煩。」

「小孩子就別在意什麼麻不麻煩了。你們先等一下，馬上就好。」

我讓他們兩人去客廳等我。

莉特在院子練習揮劍，也是時候回來了吧。

＊　＊　＊

「哇，是番茄肉醬麵！」

「我也很喜歡吃這個呢。」

坦塔和莉特直率地表達出內心的喜悅。

艾爾一開始還顯得扭捏生硬，但吃著吃著也放鬆下來了。

「不夠吃還有。」

我這麼告訴他後，他的雙眼便綻放出光采，讓我覺得他果然還是個孩子，令人會心一笑。

「那我要再來一盤！」

莉特之所以最先出聲，一定是為了讓艾爾和坦塔能夠毫無顧慮地續盤吧。

「多盛一點喔！」

呃，應該吧。吃完午餐後，艾爾一臉幸福地摸了摸肚子。

還好我有多做點。

「好好吃唷。」

「我可是每天都能吃到呢。」

莉特不知為何炫耀了起來，坦塔似乎大致看透了她的個性，所以滿臉無言地半垂著眼眸看著她。

我笑著告訴坦塔：

「莉特她就是這樣，講話大咧咧的。」

「但這一點就是？」

「妳的可愛之處。」

「笨蛋情侶！」

坦塔也同樣用無言的表情看著我。嗯，我也知道自己變得有點蠢。坦塔誇張地大嘆一口氣。

「艾爾～我們是不是打擾到人家了呀？」

「啊哈哈。」

桌上擺著茶和餅乾，我們邊嬉鬧邊和睦地談天說笑。

「對了，雷德先生，我昨天接觸到加護了。」

「這樣啊，結果如何？」

「我感到很不安……可是，目前還沒出現什麼衝動的狀況，只是有一種說不上來的不安。」

「我想，應該是因為你還沒決定要精通哪種武器吧。儘管不會出現猛烈的衝動，但也因此會感覺到有點不安。」

「那麼，如果一直這樣下去，我就能做我自己了嗎？」

他果然還是對加護的衝動感到不安嗎？

「但一直抱持這種不安可是很難受的喔。而且要是沒有加護所給予的技能，做什麼事情都很不方便。」

「不能只靠通用技能過生活嗎……」

我不禁語塞。只靠通用技能維生啊……

「也不是不行，但會很辛苦。」

「說得也是，唉，如果我跟爸爸一樣是『鬥士』的加護就好了。」

「鬥士」的加護，是一般世上常見的最下級加護。固有技能僅是提高體能，沒有特殊能力，優點在於衝動很小。這個加護可以說是只要求一般民眾盡到身為普通人的社會責任。

比起「武器大師」這種強悍的戰士，艾爾更希望當個普通人。

「至少選一個日常生活中也能派上用場的武器吧。」

「在日常生活中派上用場？」

「你將來想做什麼？」

「唔～我也不知道。爸爸是在碼頭做卸貨的工作。」

卸貨人員啊？我想想……

「比如說小刀。不僅可以迅速切斷綁住貨物的繩索，還能切斷其他人切不斷的堅韌繩索，只不過算不上很強的武器就是了。

另外還有繩鏢。這是在繩頭綁上約十五公分金屬刃的武器，精通後在繩索的運用上也能起到作用。

要特別一點的話，那就是戰梯。這本來是用於攻打小城寨的梯子，大概一點五公尺高，但負責搬運的士兵發明了一套能夠運用在白刃戰的武術體系。它比普通梯子窄一點，除了能單純作為鈍器揮擊之外，也可以用來絆倒對手。優點是習得技能還會獲得擅長使用梯子進行高處作業的次要效果。」

我告訴艾爾各種稀奇古怪的武器。

艾爾起初對武器沒什麼興趣，但逐漸受到接連提到的新奇武器吸引，後來開始纏著我詳細說明還有哪些武器。

「好厲害！原來魔物也會做武器呀！」

「嗯，對啊，除了巨魔之鎚以外，還有哥布林大劍喔。」

「哥布林大劍？」

「就像你知道的，哥布林很矮小，但牠們很喜歡巨大的武器，會使用與體型不符的人類專用巨劍或巨斧。但又因為太重導致無法運用自如，所以牠們就絞盡平常沒在使用的腦汁，想到在上面開洞讓武器變輕。」

「咦……」

「哥布林大劍就是這樣製成的。牠們在武器上開的洞，似乎足以讓重量減輕一半左右喔。」

「這麼做的話，武器不會壞掉嗎？」

「會壞掉。重量少一半後，耐久度就很慘。有個很常聽到的笑話是說，哥布林的武器在戰鬥中啪鏘一聲斷掉，結果哥布林還在歪頭愣住的時候就被幹掉了。」

艾爾感到有趣地笑了起來。

他對武器的興趣似乎超越了對加護的不安。

「『武器大師』只能選擇一次武器，選好就不能改了，所以你別著急，仔細想過再決定吧。」

「好……謝謝雷德先生，又讓你教了我這麼多。」

年輕的「武器大師」才剛要起步。雖然我只能在一開始給予建議，但我希望這孩子能因為加護而踏上自己滿意的人生。

＊　＊　＊

「你這裡的灰色海星草藥粉我全包了！」

「不好意思，因為其他診療所也有訂藥，所以只能給您三十份。」

「哦哦，竟然有這麼多庫存嗎？真是得救了！畢竟其他藥店都賣完了。」

客人興高采烈地買了藥，他是克里斯托弗診療所的醫生，診療所在議會大道的住宅區那邊。傑克森出現中毒症狀後過了兩個月，現在佐爾丹每天都有病人被抬進醫院，用來急救的灰色海星草藥粉賣得飛快。

「莉特，下午之後就麻煩妳接待客人了，我要去調合藥。」

「好。話說回來，這情況好嚴重啊。」

「對啊，這已經不是毒品，根本是毒藥了。」

毒品的確很可怕，但造成的危害是逐步侵蝕身體。使用毒品的目的是得到欣快感或解放感等諸如此類的快樂，身體變差則是副作用。即使重度上癮會導致身體敗壞，也不至於短短幾個月就出現大批重症患者。

「為什麼要用這麼危險的藥呢？成癮性就那麼高嗎？」

完全沒頭緒。聽說醫生也詢問過患者，但他們只是不斷重複「因為可以成為嶄新的自己」，實在是有聽沒有懂。

「聽說亞爾貝隊裡的盜賊也用了那個毒品。」

「什麼？」

前陣子那樁慘劇的起因也是藥嗎？

「那個毒品太可怕了吧？」

「原本打算實行階段性禁用的議會，好像也放下面子開始揭發了。負責這件事的丹大概要被炒了吧。」

真可憐。果然還是送個胃藥給他吧。

「不過，從性質尚未判明來看，難道是從外地找來具備上級調合技能的人也無法解析的新藥嗎？搞不好真的是野妖精的藥啊。」

具備超越上級的最上級調合技能的人，翻遍整個阿瓦隆大陸應該也就一隻手數得出來。我曾經見過面的，也只有到銀礦城慕札利尋找祕銀的魔女「冬之芭芭．雅嘎」。芭芭．雅嘎是擁有「冬之女王」加護的傳說級人物，歷史上已知擁有這個加護的魔女僅兩名而已。

調合之類的製作技能對戰鬥沒有直接影響，因此價值略低一些。唯有超過六十級且得到大量技能點數的芭芭．雅嘎才會擁有那種技能。

「實質上不可能用技能進行調查。」

「沒有使用調合技能以外的分析方法嗎？」

「嗯……很困難。知道材料的話或許還能研究看看。」

其實也可以查清楚材料的性質，再運用知識去追查。

然而，這個毒品並不一般，資料也少得要命。因為有技能就能搞清楚的事情，沒有人會特意運用知識去調查。

「又得去採藥草了啊。」

冒險者公會發出了蒐集灰色海星草的委託，但有辦法去資源豐富的奇美拉繁殖地採藥草的也只有我了。亞爾貝他們要對付奇美拉應該也不成問題，但就算提高收購價格，我也不覺得他們會搭理蒐集藥草的委託。

雖然我不打算冒險，但我會以一名藥店老闆的身分盡力幫忙。

＊　＊　＊

「那個，亞爾貝先生，真的要去嗎？」

「都到這裡了，還問這個幹麼？」

亞爾貝用冷淡的視線回應了女性「僧侶」的低聲問話。

但是，同隊的「土術士」、「戰士」，以及頂替死去的坎博新加入的「盜賊」，每個人都和「僧侶」一樣面露不安的神色。

「為什麼我們要做這種事啊？」

「戰士」小聲嘀咕著。

亞爾貝忍住怒吼的衝動，催促隊友們跟上。

他的隊伍此刻在佐爾丹南邊海岸的洞窟內。這裡住著一種叫做史庫拉古的魔物，身高約莫四公尺，有著野獸的臉孔與粗糙的藍色皮膚。

史庫拉古是巨魔的一種，也稱為海棲巨魔。雖然依加護的成長有所差異，但史庫拉古們大致上一頭差不多都9級。相較於殘暴的巨魔，史庫拉古絕不是那種不分青紅皂白就作亂的魔物……

「雖然長了張像是把猴子碾碎的臉，但史庫拉古可是把族裡的幼子看得比什麼都還重要，甚至不會讓任何幼子餓死。」

「土術師」如此說明著。史庫拉古本身會捕魚，不過更依靠搶劫而來的收入。從海裡游過來的史庫拉古建立聚落後，儘管平時相安無事，但經過繁殖期而誕下子嗣後，牠們就會襲擊周圍的村落來蒐集食物和物資。

如此年復一年地增加數量，建立起史庫拉古的「王國」。

「所以要在進入繁殖期之前驅除牠們。」

「但處理區區的史庫拉古是C級隊伍的工作吧？」

史庫拉古擁有再生能力，斷掉的胳膊會立刻接回來，但弱點是怕火。火球術是擁有魔法師系列加護的人們升到四級後學到的第一個技能，只消一發就能讓大部分的史庫拉古動彈不得，倖存下來的也會失去再生能力。只要隊裡有會火球術的夥伴就不用怕牠們，不過前提是剩餘的魔力還足夠使用火球術。

光是有怕火這項弱點，就會削弱魔物的威脅度。

「夏天偷懶的那些冒險者全都忙著處理擱置很久的委託。史庫拉古在進入繁殖期之前並沒有多危險，誰都不想接這種委託吧。」

而且在史庫拉古開始掠奪後再打倒牠們的實際收益更大，因為掠奪品是冒險者的重要收入來源。

「所以才要由我們來做。有能力的人，就有義務貢獻出自己的能力。劍收在鞘裡的時間愈久，你們愈該曉得那是一種罪孽。」

聽到亞爾貝這麼說，隊友們雖然紛紛讚賞他的器量，但眼神明顯流露出不屑。

那你自己去啊！

亞爾貝微微搖了搖頭。

亞爾貝的加護是等級24的「英雄」。這是跨越難關達成偉業的英雄的加護，屬於戰士系列的上位加護之一，其衝動是向世界展示自身實力，創下能夠名留青史的壯舉。

相較於他的浩大野心，隊友們的平庸加護顯得太過渺小，所以亞爾貝感到很無言。然而，亞爾貝自己也是無法善用這個強大的加護才會流落到佐爾丹。

「準備上了。」

亞爾貝拔出劍。

「請、請問那把劍是？」

「僧侶」看著亞爾貝手上那把奇形怪狀的劍。

寬厚的劍身看起來頗具重量，劍格很小，感覺非常容易削到手指。而這把劍最大的特徵在於劍鋒圓潤，不具備「刺擊」的功能。

那是處刑人所使用的劍。

「之前的劍斷了，我原本以為那種等級的魔法劍很難找，結果旅行商人把偶然得到的珍品讓給我，真是幫大忙了呢。」

滿是鏽斑的劍與亞爾貝一身等同新品的光燦鎧甲形成對比。

「這把劍沒有劍銘，但格外鋒利。我將它命名為『斬首劍(Vorpal Blade)』。」

「僧侶」使用將魔力視覺化的偵測魔法，卻在同時遭到壓倒性的靈氣狠狠擊中，整個人不禁癱坐在地上。

「抱歉，忘了先說明了。雖然不曉得出自誰之手，但這是用傳說級武器鍛造技能打造出來的逸品，大概只有勇者露緹的『降魔聖劍』能夠超越這把劍吧。半吊子的等級光是看到魔法的靈氣就會被擊倒。」

「旅、旅行商人怎麼會有這等武器？」

「僧侶」癱坐著問道。

亞爾貝對「僧侶」露出和善的笑容，並伸出了手。

「運氣好罷了。」

他這麼一說，「僧侶」也無法再質疑下去了。

＊　＊　＊

亞爾貝一行人已經壓制了史庫拉古巢穴的大半。

接下來只剩下最後一個房間。由於這裡是洞窟，因此沒有門，亞爾貝他們便直接走進房間。

「啊……」

看到眼前的情景，「僧侶」不由得叫了一聲。

那裡有三頭史庫拉古，從下垂的乳房來看，推測是雌性。不過，坐在中間讓另外兩頭保護的史庫拉古，那模樣讓「僧侶」大感震撼，因為那頭史庫拉古挺著大肚子。

瞬間，「僧侶」的高昂戰意，甚至連加護的衝動全都一吹而散。她的倫理觀，最重要的是身為女性的意識，與史庫拉古那張身陷絕境也要奮戰的表情產生了共鳴。

「不、不要……」

「僧侶」退後一步，她的思緒已麻痺，感到呼吸困難，然而——

「已經懷孕了啊？看來趁早收拾掉是正確的。」

亞爾貝毫無動容地說道。他直接衝上去，輕鬆砍倒了想要保護同胞孩子的兩頭史庫拉古。

為了死去的同胞以及將要誕生的孩子，最後的史庫拉古發出戰鬥的咆哮。那叫聲彷彿扯裂喉嚨一般撕心裂肺。

那頭史庫拉古媽媽掄起利爪打算奮戰到最後一刻，而亞爾貝則哼笑一聲，舉起厚重的劍橫掃出去。這一擊，輕而易舉、不費吹灰之力地奪去了兩條生命。

戰鬥結束了。回過神來，「僧侶」早已流下兩行清淚。

「還好嗎？」

亞爾貝語調平靜地關心著「僧侶」。殺死史庫拉古媽媽的那隻手，彷彿要安慰「僧侶」似的放在她的肩上。

「為什麼……」

「僧侶」無法多加思考，就這樣說出內心的想法。她阻止不了自己。

「她們只是愛著自己的孩子而已啊！就和我們一樣，不，可能遠比我們還要值得尊敬啊！」

「沒那回事，牠們不過是魔物罷了。」

「或許……我們可以提供她們食物，藉此讓她們去打倒周圍的魔物，建立這樣的關係也不是不可能的呀！」

亞爾貝露出溫柔的笑容，看起來像是大人在教育不懂事的孩子。

「那可不是我們的加護所期望的事情喔。」

是的，沒錯……這個世界無處不是戰鬥。

# 第二章 暴風雨後的悶燃星火

「很～好，擋雨板全關上了。院子裡容易被吹走的藥草也都收起來了，剩下的還不到採收的時候，但死掉也沒辦法。」

「招牌之類會壞掉的東西都拆掉了唷。」

暴風雨來到了佐爾丹。在南洋形成的暴風雨沿著「世界盡頭之壁」，從南方橫穿至西北。鮮少會發生在初秋時節，不過每隔幾年就會發生一次。

「那接下來就是洗手間了！」

外面已經刮起強風。

天色陰暗，下雨也只是時間的問題了吧。

「記得老礦龍(Ancient Mineral Dragon)氣象臺發布的消息是說，差不多從明天黎明開始，就會正式進入暴風圈了吧？」

「嗯，年輕的礦龍們正到處飛來飛去發出警報呢。」

老礦龍符尤是光之四老龍之一，擁有閃耀黑光的雲母軀體。牠在海赫姆山的山頂設立包含水晶天文臺在內的老礦龍大學，是阿瓦隆大陸首屈一指的地學家。

年輕礦龍、立志成為地質學家的年輕人類和妖精都會來到這裡，而年老的礦龍則會鉅細靡遺地傳授他們知識。

老礦龍氣象臺是老礦龍大學的部門之一，負責觀測整個阿瓦隆大陸的氣象，並發出災害預警。佐爾丹常受到暴風雨侵襲，因此老礦龍氣象臺的資訊不可或缺。無論水手還是農民，天氣都是重要的依據。大陸各國曾宣言會支援老礦龍經營的學問之城，約定不可侵犯且有難之際要共同進行防衛。

礦龍很聰明，喜愛研究自然科學。其鱗片由雲母形成，不了解龍的人會把牠們稱為擁有石鱗的石龍，而牠們則會嚴正表示：「我們是礦龍。」然後把自己的鱗片湊到對方眼前，仔細說明那一身黑色光輝。

對於光之四龍而言，鱗片的光輝是一種驕傲。

由於礦龍在各地都設有研究所，持續研究了數十載，因此在光龍之中，牠們和輝龍（Radiant Dragon）們算是格外貼近人類的龍。

輝龍將祝福剛啟程的未來英雄視為生活重心。年幼的孩子出門冒險時，輝龍會化作人類暗中幫助他們，享受在冒險中培養孩子的樂趣，所以牠們也是較為常見的龍。不過，有些毒舌的人會把牠們叫做戀童龍就是了。

我還在騎士團見習的時候也和輝龍一起冒險過。對方一有開心的事就不顧場合地唱起歌來，讓我吃了不少苦頭。到底為什麼要我一個小孩子為牠操心啊……不過牠個性還不錯，記得名字是叫做阿爾哈森吧。

其餘光龍則是工學家蒸氣龍（Steam Dragon）和法律守門人雷龍（Lightning Dragon）。

誕生於暗黑大陸的闇之四龍是虛無主義的真空龍（Vacuum Dragon）。

停滯與破壞的鹽龍（Salt Dragon）。

綁架孩子的灰龍。

汙染土地的不淨龍。

生活在這個阿瓦隆大陸的龍是僅次於人和妖精的第三主要種族。當然，佐爾丹這裡似乎沒有龍。是因為這片土地對龍也沒什麼吸引力嗎？

「那邊的！不要偷懶了，趕快做事！」

挨罵了。

「暴風雨一來自來水就不能用了，必須趁現在儲水才行。」

從河川引水過來的自來水管會在暴風雨來臨前把河川那邊的進水口蓋起來，不然會導致泥水溢出，而且水流湍急也會造成水管破損。水井同樣會因為大雨而變得混濁，短時間內無法汲水。

儘管佐爾丹水源豐富，但在暴風雨過後就會供水不足。我們的因應之道就是趁自來水還能用的時候拿皮袋或木桶裝水，藉此儲備生活用水。

由於每個家庭都在做同樣的事，所以只有涓涓細流的出水量。這是個純粹消磨時間的空虛工作。

「還敢說，昨天嘴上說要儲水，結果卻和岡茲跑出去玩的不就是雷德你嗎！」

「畢竟他來找我嘛……」

木匠岡茲在暴風雨過後就要忙著修理城裡的房屋。即便是怠惰的佐爾丹人，在這種時期也一樣會在休假日工作。因此，岡茲在暴風雨接近時就說要先放假，於是跑出去玩了。這對坦塔可是不好的示範啊！

「你還不是跟著去玩了！」

莉特一邊抱怨，一邊輕巧地從我的後背環抱上來。

「好啦，快給我工作！」

她像是在模仿騎馬似的作勢拍我的屁股。

「是是是，我會好好工作的，莉特大人。」

「……而且你昨天不在，今天就要多陪陪我喔。」

「我知道啦，反正暴風雨一來，明天甚至後天哪裡都不能去了。」

噢，手停下來了。我感受著莉特縮緊臂彎傳來的體溫，沉默地繼續做事。嗯，這種感覺，以前好像也有過……

（……啊，我想起來了。）

那時候也是遇到了暴風雨啊。雖然遠比侵襲佐爾丹的還要弱，但因為不習慣暴風雨的緣故，記得老家那邊的村民們都慌亂不已……

＊　＊　＊

那天狂風暴雨。這座村子會有暴風雨實在很罕見。

出於這個因素，這裡很多房屋沒有堅固到能扛住暴風雨，於是我們所有人都到村長家，同時也是集會所避難。風聲狂嘯而過，還有什麼東西被吹走的聲音。轟然雷聲響起，在這裡避難的孩子們都發出了尖叫聲。

我當時八歲，妹妹露緹六歲。

我們兩人因為擁有特殊的加護，所以比同輩的孩子成熟許多。

「媽媽——！」

坐在稍遠處與露緹同歲的女孩哭了起來，向母親靠過去。「妳都六歲了呀！」母親雖然有點在意周圍的目光，但還是溫柔地撫摸著依偎在懷中的女孩的頭髮。

露緹用一貫的眼神看著她們……儘管周遭的人說那眼神很冷淡，但不是的，她只是情感表現比較內斂而已……她就這樣靜靜地凝視著那幅情景。

我也環顧一下四周，不少孩子都一樣和家人或兄弟姊妹牽起了手。

大家都很害怕。

「露緹。」

「怎麼了？」

「妳不害怕嗎？」

「……哥哥是在問我暴風雨嗎？還是在指打雷？或者是建築物崩塌壓死所有人的可能性？」

有著一雙沉靜美麗紅色眼眸的妹妹淡淡地詢問我是指什麼事情，而我則緩緩撫著她的頭。

「都是，妳現在有害怕的事物嗎？」

「沒有，這世上沒有令我感到害怕的事物。」

露緹之前在十三歲的孩子王面前直接講出「這世上沒有令我感到害怕的事物」這句話，還跟對方大打了一架。

雖然露緹擁有勇者的加護，但年紀尚幼的她加護等級只有1，既沒裝備又沒戰鬥經驗，因此不敵擁有3級「戰士」加護的早熟少年；更別說那個孩子王至少拿了根棒子當作武器，身上穿著厚布甲，甚至還持有老舊的木盾，她捱了一頓棍棒就回家了。

露緹那句話的意思只是自己生來便具備「恐懼完全抗性」的能力，因此沒有害怕的事物。

……不用說，後來我也讓孩子王受到了相同的教訓……應該是一點五倍吧……還是兩倍？不，應該是二點二倍左右才對。嗯，總之修理到這個程度才罷休，然後要他當面向露緹道歉。

這件事害我有一段時間被當成了孩子王。我覺得很麻煩，所以把事情交給另一個擁有「騎兵(Cavalier)」加護的十一歲男生，回歸原本的生活。

從那之後，原來的孩子王似乎變乖了，不再動用暴力。他會使用暴力並非出自於加護的衝動，單純是沒有在打架中輸過而已。

「露緹沒有害怕的事物嗎？」

「哥哥也知道吧？」

「嗯。」

露緹歪著腦袋，用表情傳達內心的疑惑。

「其實呢，我很害怕。」

「是這樣嗎？」

「嗯。很驚訝嗎？」

露緹的樣子看起來有點煩惱。

這時的她還沒有混亂完全抗性，理應會有動搖的時候吧。

「驚訝倒是沒有。」

「這樣啊，妳不驚訝嗎？」

「嗯。」

「那麼，說回正題，我很害怕……所以可以握著妳的手嗎？」

「我的？」

「對，露緹的手。」

「可以呀。」

我握住了露緹的手。

即便這個身體寄宿著多麼強大的加護，那也只是女孩子的纖纖小手。

「不怕了嗎？」

「嗯，已經不怕了。」

「太好了。」

露緹泛起一抹微笑。然而其他人……似乎連爸媽都看不出這張可愛的笑靨，真是太可惜了。

所以，我便一人獨占著，直到將來露緹遇到可以理解這張笑靨的人。

「抱歉，我說害怕是騙妳的。」

「假的嗎？」

「我完全不怕。」

「這樣喔。」

「我只是想握住露緹的手而已。」

露緹愈來愈一頭霧水地歪起頭來。

「握住我的手？」

「討厭嗎？」

「不討厭。但是為什麼？」

「沒有為什麼。」

「沒有嗎？」

「對，我有時候會沒來由地想握住妳的手。」

「……什麼意思？」

「沒任何意思……不過，人就是會做出毫無意義的舉動。」

「毫無意義的舉動。」

「對，我就是沒來由地想握住露緹的手。所以說，在妳沒來由地想握住我的手時，隨時都可以握住喔。」

「是嗎……」

露緹凝眸看向我牽著她的那隻手。

「哥哥。」

「嗯？」

「我很喜歡哥哥。」

真稀奇。

這應該是露緹第一次用話語向人表達好感吧。

「謝謝妳，我很開心喔。」

「為什麼？」

「咦？」

「喜歡哥哥的是我呀，為什麼哥哥要道謝？」

我溫柔地撫摸著露緹的頭髮。

她這頭醒目的藍髮，只要撫摸就會反射燭光，散發晶亮光澤。

「露緹，我喜歡妳喔。」

「嗯。」

至今為止，我已經不知道對她說過多少次這句話了。

實際上，我就是這樣疼妹妹疼得不得了。

「露緹妳啊，聽到這句話總是會笑呢。」

露緹吃驚似的輕輕碰了碰自己的臉。

這個舉止也很可愛，我不禁會心一笑。

「會笑就代表開心，對不對？」

「應該是吧。」

「也就是說，我也是一樣的，聽到露緹說喜歡我就會很開心。妳看，我現在是不是在笑？」

「嗯。」

「所以我才要向妳道謝呀。」

露緹像是在琢磨話中含意似的陷入沉思。

「我懂了。」

「想明白了啊？」

「哥哥，我也可以做毫無意義的舉動嗎？」

「當然可以囉。」

露緹鬆開了我的手。

咦？難道我惹她不高興了嗎？

不過，露緹繞到我背後，然後環抱我的脖子貼在背上。

「我比較喜歡這樣……可以嗎？」

「嗯，這點小事隨時都可以做喔。」

「好。」

她收緊了雙臂。我從後背感受到露緹溫暖的體溫。

「哥哥。」

「怎麼啦？」

我扭過頭去，理所當然看到露緹的臉龐。

「謝謝你。」

露緹向我展現出只有我看得出來的「滿面笑容」。

那張笑靨可愛到只要有人看得出來就絕對會被迷住。

能和露緹結婚的傢伙真是幸福。我現在就開始嫉妒了。

「哥哥，你能一直待在我身邊嗎？」

「……抱歉，這可不行啊。」

「這樣喔。」

等這陣暴風雨過去之後，我就要前往那個招攬我入團的騎士所在的安達爾城，準備成為一名騎士。我很早就知道了，這個村子周圍的魔物無法讓我的加護成長。我打自六歲正式開始狩獵魔物，卻只從31級升到33級，鴞熊之流根本不值一提。

為了未來某天要和露緹一同踏上旅程，我非得變強不可。雖然不知道能和她並肩作戰到什麼時候……但至少要到她身邊有許多夥伴陪伴為止。哪怕是遇上魔王，我也必須應戰。

「不過，如果妳有『不想做的事情』，隨時都可以來找我喔，我會替妳做的。」

「這我知道。」

「是嗎？」

「你說過很多次了。」

「我怕妳忘了嘛。」

露緹將小巧的耳朵貼在我的背上，就這樣保持不動。

「休假時我會回來的，妳想要什麼禮物？」

「蜂蜜牛奶。」

露緹在我背上輕聲說道。

＊　＊　＊

前去討伐魔王的旅途，以及在佐爾丹的慢生活。

兩人所前進的道路應該不會再有交集，然而——

「請問你在找吉迪恩嗎？」

皮膚微黑的黑髮青年如此問著達南。

達南本來就不擅長追蹤，他無法掌握吉迪恩的行跡，不知該如何是好，目前正在與吉迪恩分別的城鎮裡的酒館喝酒。他打聽不到任何關於吉迪恩的消息。

「幹麼？」

喝得酒酣耳熱的達南狠狠瞪了青年一眼。不，其實達南沒有要瞪對方的意思，只是他的技能「威懾的眼神」經常突然發動。或者應該說，如果沒有刻意不去使用，「威懾的眼神」就會自行發動。

不過青年泰然以對。

「你真強啊！」

「還及不上你啦，但我會一點刀法。」

「哦～？」

「先不說這個了，你正在找吉迪恩對吧？」

「所以你想幹麼啊？難不成你知道他在哪裡嗎？」

「不不不，都不是。只不過我剛好也在找他。」

「什麼？」

達南酒醒了。他輕輕揮動拳頭，擺出臨戰架式瞪著青年。

「要一起找嗎？我覺得兩個人找會更有效率喔。」

青年仍舊不改臉上的笑意。

＊　＊　＊

傍晚，暴風雨逐漸逼近。外面刮起強風，橫打過來的雨水宛如海浪一般時緩時急，轉眼間就積起一灘灘水窪。

「這下不會有客人了吧，我們打烊吧。」

我把店門關上，從裡面上鎖。

不過是開了一下門，地板就溼掉了。

「給你。」

「喔，謝謝。」

從莉特手上接過抹布後，我擦了擦地板，而莉特則在核對今天賣出些許藥品的帳簿。我們都三兩下就搞定了。

「明天就休息吧，反正也不會有人來。」

「沒人會在這種時候出門吧。」

「是啊。」

風勢加劇，吹得房子嘎吱作響。但是，平民區第一木匠岡茲建造的這棟房子，即使在暴風雨中也屹立不搖。我們安心下來，準備迎接即將來臨的暴風雨。

叩叩！這時響起了激烈的敲門聲。

「這種時候是誰啊？」

「雷德！是我！紐曼！」

「紐曼醫生？」

我打開門，發現穿著大衣的紐曼正站在那裡，而且——

「艾爾？」

紐曼揹著頭部流血且癱軟無力的艾爾。艾爾渾身溼透，也沒有穿鞋子，腳尖被泥巴弄髒，因為天冷而失去了血色。

「莉特！拿毯子和毛巾過來！」

「好！」

在我出聲的時候，莉特已經行動起來了。她立刻遞毯子和毛巾過來，我讓艾爾躺在鋪有毛毯的地板上。

莉特用精靈魔法快速備妥熱過的水。我用毯子裹住因為雨水和出血導致體溫下降的艾爾，為他取暖。

與此同時，紐曼從藥架上拿來消毒藥和止血藥進行急救。

「比想像中還要深啊……」

紐曼低聲說道。艾爾側頭部的傷口血流不止。

「不妙啊。」

我在一旁觀察情況，傷口太深了，按平常的處理方法會來不及。

「等我一下。」

我跑到儲藏庫，毫不猶豫地取出五瓶治癒藥水。

這是封印著治療術的魔法藥水。即便是正常方法無法應急的傷口，只要用魔法就能治好。

（雖然對一般人來說是高級貨，但反正這些藥水是複製品。）

這是用增量藥水複製出來的治癒藥水，無論如何都不能拿出來賣，全用在這時候也無妨。

回到艾爾身邊後，我接連餵他喝了五瓶藥水，過不了多久，他的情況便逐漸穩定下來了。

「趕上了嗎？真是太好了。」

我撫胸鬆了口氣。

「我太驚訝了，沒想到你竟然拿出治癒藥水給他用……不過難以啟齒的是，艾爾家恐怕無法負擔五瓶治癒藥水的費用……」

「我知道。但是，這孩子是我的朋友。」

「朋友嗎？」

「所以，我使用治癒藥水的事請保密，就當作是實施了一般治療吧。」

「我知道了。雷德，你真是個好人啊。」

紐曼笑著說道。

「對了，這究竟是怎麼一回事？」

「不曉得。有個頂著這種大風還想修理屋頂漏水問題的傻瓜摔了下來，我被叫去治療他之後，回家途中便發現這孩子倒在路上。看他傷成這樣，你的藥店又比我的診療所近，雖然很不好意思，我還是把他帶來了。抱歉給你添了麻煩。」

「不會，我才要感謝你救了我的朋友。如果不是醫生剛好路過，艾爾說不定就已經死了。」

下降的體溫也恢復正常了，艾爾的表情很安穩。

「他的傷口扎進了無數細小的石頭碎片，可能是被風吹來的石頭或其他東西砸到了頭吧。」

「原來如此。不過為什麼要在這種天氣外出呢？而且還跑來平民區。身上就這樣穿著家居服，也沒防雨大衣，連鞋子都沒穿。」

「我也搞不懂。」

「……只能叫醒他了吧。」

儘管叫醒體力虛弱的艾爾不太好，但我總感覺發生了什麼無法挽回的事態。

我輕輕搖晃艾爾的肩膀，叫著他的名字。

「唔……」

重複幾次後，艾爾緩緩睜開了雙眼。

「你還好嗎？」

「雷德先生……」

艾爾的眼神安心地顫動一下，但就在下一瞬間——

「啊、啊啊啊啊！」

「怎麼了？」

艾爾恐懼地瞪大眼睛，抓住我的手臂尖叫起來。

「別怕，有我在，冷靜下來。」

「救、救命！」

「已經沒事了，這裡是我的店，沒有人會傷害你的。」

「不是的！」

艾爾叫道。

「埃德彌來我家，他攻擊了媽媽和爸爸，手上還拿著斧頭！」

不知是否是想起當時的情景，艾爾嚇得無法呼吸，紐曼連忙照護著他。

說到埃德彌，是第一次遇到艾爾時，跟他們打架的那個孩子嗎？而且還拿著斧頭？我滿腦子疑惑，但得趕快過去才行。

「拿去。」

我站起身後，莉特就在我背後這麼說道。

轉過頭就看到她已經準備好大衣和放著兩瓶特級治癒藥水的手提包。

「這件大衣是我的，是高等妖精製作，具備環境抗性的護身大衣。」

「謝謝。」

我立刻披上大衣，接過手提包後，衝進暴風雨中趕往艾爾家。

＊　＊　＊

艾爾的父母平安無事，只是都受了傷。

我抵達南沼區的艾爾家時，大門就這樣敞開著，雨水都打進了家中。我穿過積水的玄關處。這間房子的構造很簡單，只有廚房和寢室，我立刻環視屋內。

艾爾的父母倒在寢室裡，雖然流著血，但傷口並非出自斬擊，而是毆打造成的。看來埃德彌不知為何沒有用斧刃攻擊，反而用了斧背。

兩人出血都很嚴重，幸好傷口本身不深，沒必要使用莉特準備的特級治癒藥水。我幫他們清洗傷口後止血，再讓他們服下止痛藥，並固定住骨折的部位就一切處理妥當了。

晚點後，紐曼也趕了過來，確認兩人沒有生命危險。

總算是避開了最壞的結果。然而，這次的事件埋下了嚴重的禍根。先稍微談一點後話吧。埃德彌其實住在議會大道，是衛兵隊長的兒子。

自從這起事件後，埃德彌就失蹤了。只不過，南沼區的半妖精與其他半人類們都在抗議，說是衛兵將埃德彌藏了起來。

但是，衛兵那邊並沒有回應。這個悶燃的火種什麼時候爆發都不奇怪。縱然暴風雨離開了佐爾丹，居民的臉上卻依然充滿了不安。

＊　＊　＊

「艾爾，早餐想吃什麼呢？」

「……什麼都可以。」

「起司吐司、煎蛋吐司、炸白身魚、培根沙拉、醋漬包心菜……」

我一邊注意艾爾的表情，一邊繼續唸著早餐的候補名單。

「炒蛋。」

艾爾的表情微微動了一下。

「不錯耶，就吃炒蛋吧。坦塔他們家分給我們的番茄和燉豆子正好可以當配菜，另外再配個雞湯。」

「好。」

雖然艾爾表情僵硬，但能感受到其中隱含一絲對餐點的期待。我對他笑了笑，要他在客廳等著，然後走向廚房。

艾爾暫時得住在我家。他的父母成了南沼區居民發動抗議的大義旗幟。因此，他們目前正在盜賊公會幹部畢格霍克位於南沼區的住宅裡養傷。負責治療的也不是平民區的紐曼，似乎是南沼區的醫生。

「我可以理解他們的訴求，畢竟我們受了這麼重的傷。但是，我不想把兒子捲進那種充斥著仇恨的地方。」

艾爾的父親這麼說道，還對我下跪。裝了四十七枚四分之一佩利銀幣的袋子，大概是他們至今為止的所有積蓄吧。

我和莉特請他起身後，答應會收留艾爾一陣子。

「早安！」

莉特晚點也起床了。她朝氣蓬勃地打了招呼，艾爾雖然沒出聲回應，但也點頭行了禮，比第一天好多了。

一開始我們連跟他正常互動都沒辦法。

父母在眼前遇襲，自己卻丟下他們逃走了。此外，南沼區的人們還口不擇言地痛罵同樣住在佐爾丹的佐爾丹居民。

艾爾還是個孩子，這種心理陰影足以讓他封閉自己的內心。

「很～好，完成囉。」

擺在桌上的炒蛋映照著從窗戶射進來的朝陽，彷彿正在閃閃發光。雞蛋的好壞，首先在於視覺上的色澤，這麼說應該不為過。

「那麼，我開動了。」

莉特坐在我旁邊，艾爾則坐在對面，我們一起享用起早餐。

＊　＊　＊

「莉特小姐，請多指教。」

莉特在庭院裡舉起把劍刃磨平的練習用曲劍，和艾爾互相對峙。

「沒問題，隨你從哪邊進攻都可以喔。」

莉特只有右手拿著劍，不像平常一樣使用雙劍。她的左手放在腰際，右手高舉過頂，擺出上段姿勢。

「該如何應對強敵的上段斬擊？」

「中段，向左迴轉。」

艾爾把右手的曲劍擺在中段的位置，慢慢朝他的左邊，也就是莉特視角的右邊移動。這樣一來，就能讓舉起右手的敵人被自己的手限制住視野。

也許是發現了勝機，又或者是因為莉特的劍壓而變得自暴自棄，只見艾爾衝了出去，朝莉特的右手砍過去。

但是，莉特的劍搶先一步攻向艾爾的肩膀。

「唔！」

當艾爾揮砍到底之際，莉特的右手早就不在那裡了，她的劍不偏不倚地停在艾爾的肩膀上面。如果她真想下手的話，艾爾的肩膀大概已經被斬斷了。

「請再來一次！」

艾爾這麼喊道，莉特則微笑著點點頭。

我一邊在院子的田地種下新藥草的苗和種子，一邊看著他們切磋。

悶悶不樂的艾爾央求莉特教他劍術時，我們都吃了一驚。

一開始莉特以「我的劍術可沒厲害到能教人」為由拒絕了他，但看到艾爾認真的模樣，她終究心軟表示：「只教基礎喔。」艾爾以「武器大師」的身分選擇的武器，便是曲劍。和莉特的武器一樣，是內側彎曲、形狀特殊的雙刃單手劍。

這種武器可以越過敵人的防線進行斬擊，反過來握住則可以當作一般彎刀來使用。真要說的話，曲劍適合用來對付和人類一樣有武裝的對手。

由於形狀的緣故，使用上需要一點訣竅，所以我也沒把握能操作自如。

像莉特這樣活躍於競技場且具有背景的劍士，很喜歡用這種刀劍。

不管選擇哪種武器，「武器大師」都能將其鑽研到極致。從這方面來看，比起長槍或棍棒這些用法簡單的武器，或許選曲劍這類武器更好。

儘管心裡留下了創傷，不過唯獨揮劍的時候，艾爾偶爾會泛起笑容，應該是「武器大師」加護的影響吧。

「雖然心靈創傷不會消失，但他很快就會恢復原樣了吧。」

直到最後，艾爾還是沒有擊中過莉特，只是不管劍被彈開多少次，他都不曾鬆開過自己的曲劍。

＊　＊　＊

艾爾睡著後——

我和莉特兩人喝著加了少許白蘭地的咖啡。

「謝謝妳，幸虧有妳在，艾爾現在也開朗了不少。」

「與其感謝我，不如感謝加護的力量吧。能夠隨心所欲使用武器這件事，似乎讓他開心得不得了呢。」

莉特對自己的曲劍並沒有那麼深的感情。當然作為愛用的武器多多少少也有感情，但她不會看著曲劍露出笑容。

「目前加護應該在朝好的方向發揮作用。只不過他的情緒還不穩定，需要再注意一下才行。」

「嗯，我也會多加留意的。」

「唉，話說回來，我從來沒教過人呢……希望不會害他染上什麼壞習慣。」

莉特嘆口氣，苦笑了起來。

「我覺得妳教得很好啊。再說，最後還是得看技能。」

「是這樣沒錯啦，但師父說過，光學會揮劍的方法是不夠的，劍自有一套哲學，這是加護不會賦予的事物。到頭來，我一次也沒贏過師父呢。」

莉特的師父是死於阿修羅惡魔「錫桑丹」之手的洛嘉維亞公國近衛兵長蓋烏斯。

當我們能夠出入洛嘉維亞公國宮殿，並正式和蓋烏斯談事情的時候，他已經被阿修羅惡魔給掉包了。

在莉特隨心所欲過自己人生的那段時期，蓋烏斯是她唯一敬重的對象。

「師父給予我的教誨，我有辦法教給艾爾嗎？」

莉特不安地說道，而我將手放到她的臉頰上，這麼告訴她：

「沒問題的。」

「真的？」

「妳可是莉特耶。」

「什麼意思嘛。」

聽到我這種毫無根據的鼓勵，莉特不禁輕笑出聲，但這是我真心話。我很了解莉特，因此我知道。從她的劍、她的一字一句，都能看到曾為她指引明路的良師蓋烏斯的影子。

所以，蓋烏斯傳授給她的事物，她一定能以更好的形式傳授給艾爾。

「謝謝你。」

莉特閉上眼睛，將雙手放在我撫摸著她臉頰的右手上，然後這麼說道。

＊　＊　＊

早上──

我還在準備開店之際，門就被用力打開，門上的鈴鐺發出巨大的哀號聲。

「雷、雷德！」

「雷德！」

衝進來的是木匠岡茲和坦塔的母親娜歐。

這兩位半妖精臉色慘白地顫抖著。

「這不是岡茲和娜歐嗎，怎麼了嗎？」

「坦、坦塔被衛兵帶走了！」

「什麼？」

坦塔被帶走了？

「怎麼辦……家裡的人去過衛兵的值勤所，但是連見一面都不行。」

平素膽大的娜歐也因為兒子被帶走而焦躁不已。

「你們先冷靜下來，坦塔究竟為什麼會被帶走？」

我聽著語氣倉促的兩人說明事發經過，途中問了幾個問題，但簡略來說，其實他們根本都沒目睹到坦塔被帶走的現場。

據說坦塔一大早就去住在平民區的混血矮人——半矮人愛瑪婆婆家幫忙拔院子裡的雜草。

到了七點左右，衛兵闖進愛瑪家。他們推開驚嚇中的愛瑪，不由分說就把院子裡的坦塔綁起來帶走，一個理由都沒給。

所以岡茲、娜歐以及米德夫婦都是從愛瑪口中得知這件事的。

「真的沒有說明理由嗎？」

「愛瑪婆婆是這麼說的……」

「……我想去問問看愛瑪婆婆。」

「可、可是萬一坦塔在這段期間出了什麼事的話……！」

不止是佐爾丹，每個城鎮都有衛兵在審問時會使用可怕道具的傳聞。法律守門人雷龍所製作的電擊杖「悔改之杖」等道具相當有名。

「但就算要救他也不能直接殺進衛兵的值勤所啊，這樣把他救出來也會變成罪犯。首先要先問清楚坦塔為什麼會被帶走，再判斷要怎麼因應才是最妥善的方法。」

「可是……」

「而且，佐爾丹的衛兵們可沒有對工作熱衷到會立刻對抓到的孩子用刑。」

「也、也對！他們夜間巡邏的時候也都在摸魚嘛！」

更何況，拷問是為了讓對方坦白招供。坦塔不可能藏有什麼祕密，所以也沒必要拷問他。

話雖如此，還是得趕緊想辦法才行啊！

這時，背後傳來了腳步聲。

「請問坦塔被衛兵帶走是怎麼回事？」

「……艾爾。」

儘管語氣很平靜，少年的眼神卻非常堅定。

他的腰間佩戴著收在鞘裡的練習用曲劍。

＊　＊　＊

在店門掛上休息中的牌子後，我、莉特還有艾爾走在平民區的路上。

平民區傳消息的速度很快。每戶人家似乎都沒有心思工作，擔心地談論著坦塔的事情。愛瑪在佐爾丹算是很少見的半矮人。

矮人原本是生活在暗黑大陸的種族，但有一部分移居到阿瓦隆大陸北部的山脈建立國家。愛瑪就是從那裡來的矮人後代。

「啊啊，雷德！不好了！」

「冷靜點，衛兵那邊我會去交涉的，總之先告訴我事情的來龍去脈吧。」

愛瑪婆婆顫抖著矮小的身體，圓滾滾的黑眼睛裡盈滿淚水。

「坦塔被衛兵帶走了！那麼善良的孩子……明明我該保護好他才對啊！我真是太沒用了！」

愛瑪婆婆緊抓著我說明事發經過。

＊　＊　＊

「我是來見坦塔的。」

來到衛兵駐地，我們對站在入口的衛兵說道。

「你們這些人是怎樣？找坦塔？是說那個妖精小鬼嗎？現在正在審問他，你們明天再來吧。還有，順便把坐在那邊的男人帶回去。」

朝他指著的方向看過去，就發現坦塔的父親——木匠米德一臉不悅地坐在那裡。

我從懷中拿出文件。

「這是冒險者公會發布的正式委託，要調查南沼區暴力事件。我已經從愛瑪那裡聽說坦塔是因為這件事被抓起來的。我們有參與衛兵隊調查的權利，請你讓我們進去，以便一同解決事件。」

「什麼？」

衛兵一臉狐疑地接過我的文件進行確認。

他原先那要笑不笑的敷衍表情立即消失，看到署名後臉色發白。

「隊伍成員是莉特……英雄莉特？委託人是冒險者公會的幹部迦勒汀？」

迦勒汀就是之前在藥店門口為莉特的事情跟我起爭執的高個子冒險者公會幹部。

他出身平民區，和愛瑪也認識。

即使現在住在議會大道，也不改他是在平民區長大的事實。雖說佐爾丹人淨是些懶到無可救藥又隨便的人，但只要自己人出事了，他們就會放下任何工作助上一臂之力。

從愛瑪和莉特那裡聽聞事情經過的迦勒汀，立刻準備了文件，賦予我們在審問坦塔時旁聽的權利。不過，或許他也是別有所圖，希望英雄莉特能出面解決震撼整個城市的事件。

「我不想讓愛瑪婆婆傷心，拜託你們了。」

不過，我相信迦勒汀的這句話肯定沒有半分虛假。

衛兵瞥了我們一眼。縱使他露出討好的笑容，但我們臉上一絲笑意也沒有。

「我、我這就去叫長官來，請二位稍等！」

入口處的衛兵連忙跑進駐地。

＊　＊　＊

「坦塔！」

「爸爸！」

「還好吧？他們有沒有對你怎樣？」

「我沒事啦！」

米德衝到坦塔身邊，先是緊緊抱住他，接著便檢查他有沒有事。和猜測的一樣，坦塔並沒有受傷。

只有被綁到這裡的時候，手臂被繩子勒出擦傷而已。

我把帶來的軟膏塗在他的傷口上。

「突然被帶走雖然嚇了我一跳，但他們沒有對我怎樣。埃德彌的爸爸向我道歉說這不是他的本意。」

坦塔之前待在駐地的房間裡。

門上了鎖，窗戶小到兒童都無法鑽過去，但除此之外就是一間擺著桌椅，還有裝了水的木製水壺的普通房間。

「埃德彌的爸爸只是問了我一些問題，像是知不知道埃德彌去哪裡之類的。叔叔他也很擔心埃德彌喔。」

「果然啊……！」

埃德彌被衛兵們藏起來是誤傳的消息。

看來必須去問一問身為埃德彌父親的衛兵隊長了。

＊　＊　＊

「對不起。」

埃德彌的父親——摩恩衛兵隊長劈頭就先向米德致歉。

「是我命令部下把坦塔帶過來問事情，但我沒想到他們竟然是用繩子綁過來的，而且也沒向我報告坦塔的父親要求會面一事。」

看到坦塔手臂上的擦傷，米德怒氣難消，但他只是維持不悅的表情看著鞠躬道歉的摩恩，沒再多說些什麼。

當事人坦塔則因為得到摩恩送給他當作賠禮的炸麵包而開心了起來。

「我的那些部下懷疑埃德彌被南沼區的人殺害了。」

「這是倒過來把受害者當成加害者吧？」

「埃德彌不久前還經常來這裡，衛兵們也很疼他。所以這起事件的受害者與加害者的立場，在衛兵們之間是顛倒過來的。」

他們是因此才對站在艾爾那邊的坦塔動粗吧。

摩恩再次向我們道歉。

「可是，埃德彌攻擊了我的媽媽和爸爸。」

始終沉默不語的艾爾這麼說道。

摩恩聞言露出了難受的表情。

「是的……不過，目擊者只有被攻擊的父母和艾爾你而已。」

「這是什麼意思？」

「有人懷疑你們是否真的看到了埃德彌。」

「喂！」

我不禁喝了一聲，艾爾則氣得臉頰泛紅。

「冷靜一點。我們並不是斷定你在撒謊，只是認為有這個可能性罷了。這起事件的疑點實在太多了。」

的確如此。首先，儘管受害者是遭到斧頭攻擊，卻只留下毆打造成的傷。兩個受害者都被對方用斧頭的刀背多次毆打，雖然造成骨折之類的傷勢，但並沒有傷及性命。出血也是因為額頭和鼻子等容易出血的部位被毆打的緣故。

此外，埃德彌明明可以致這兩人於死地，卻就這樣離開了現場。其次，他攻擊艾爾一家的理由是什麼。

的確，埃德彌很討厭坦塔和艾爾這樣的半妖精。

但即便如此，他會特地跑到位於議會大道南方外圍的南沼區，襲擊艾爾的父母之後就失去蹤影嗎？而且還是在暴風雨的日子裡。

埃德彌下落不明這點也令人費解。

雖說小小年紀便接觸到加護，但埃德彌只是個十歲出頭的孩子。

無論佐爾丹的衛兵們生性再怎麼懶散，也沒有無能到連一個小孩都抓不住。

若論可能性的話，埃德彌或許當晚就立刻離開了佐爾丹，但從隔天遭到暴風雨直擊來看，可以否決掉這個猜測。那天可不是能露宿外頭的日子。

最後，埃德彌是從哪裡得到斧頭的，又為何會用斧頭也是啟人疑竇之處。根據艾爾他們的證詞來推測，埃德彌使用的武器是一般的單刃戰斧。

他有自己的短劍和短矛，早就開始狩獵附近的魔物來提升加護等級了。

為什麼他不用自己的武器，而是用一把不知從哪得到的斧頭呢？

解決這個問題最簡單的方法，就是認為「艾爾他們在說謊」。

埃德彌出於某些原因而溜出了房間，在外面被綁架了。艾爾等人謊稱埃德彌用斧頭襲擊他們，埃德彌則為了逃跑而失蹤。

這麼想的話，某種程度還是說得通的。

襲擊者不是埃德彌，而是南沼區的人。艾爾父母的傷也是騙局，所以才會是被斧頭毆打這種不會致死的傷勢。

「你們亂講！」

艾爾喊道。

摩恩告訴我們的臆測和我剛才想的大致相同。當然，艾爾反駁了回去。

「畢竟只是假設而已，確實有衛兵如此認為，所以他們才會覺得這起事件的受害者更像加害者。出於這樣的經過，才會造成這次粗魯的押人和得罪之處。」

對於這起事件的受害者，衛兵們的態度極度惡劣。

衛兵們本來就討厭治安很差……直接講就是南沼區這個貧民窟的居民。

再加上，由於引發隨機殺人事件的「盜賊」坎博和他的三名同夥也出身南沼區，同僚慘遭殺害的衛兵們對這個地方的印象就更糟了。

「我親眼看到那是埃德彌！他拿著斧頭，對著爸爸媽媽揮了無數次、無數次！對，就是用斧頭毆打他們無數次！而且埃德彌接觸到加護之後就變得非常粗暴！我很清楚埃德彌那傢伙有多凶狠！」

艾爾大吼著，彷彿要把至今悶在心裡的一切都發洩出來似的。

我和莉特都被他的這股驚人氣勢震懾得說不出話。然而——

「可是，我也不敢相信埃德彌會做那種事耶。」

「坦塔？」

「啊，呃，抱、抱歉！我的意思不是艾爾在撒謊……只不過，大概在埃德彌失蹤的一個星期前吧，我被他叫住，原以為又要挨揍了，結果他跟我道歉了喔，說是很抱歉打了我。」

雖然坦塔看到艾爾逼近自己便慌了，但仍拚命地解釋。

「其實埃德彌也很煩惱，因為加護的衝動讓他隨時都會動粗。他的夢想不是當衛兵嗎？衛兵的工作不是動粗，而是管束別人，這句話他之前不也說過？」

「那是……」

「他跟我道歉的時候，有說過自己已經沒問題了，以後不會再亂打人。他當時看起來不像在撒謊，感覺變回過去的埃德彌了。所以，聽到艾爾的爸爸媽媽被襲擊時，那個……我真的很驚訝……」

坦塔努力解釋完畢後，他像是在逃避艾爾的視線一般，躲到了我的身後。

「……『已經沒問題了』，你覺得這是什麼意思？」

「不知道。」

在坦塔的解釋中，我和莉特莫名在意起這句話。

意思是他懂得如何控制加護的衝動了嗎？

正當我們疑惑之際，摩恩插嘴道：

「其實，今天會叫坦塔過來，也是想詳細詢問這件事的情況。的確，在我兒子失蹤的前一陣子，他看上去非常乖巧安分。然後又聽到平民區的冒險者說埃德彌最近還跟坦塔玩得很開心，所以才想直接向坦塔詢問詳細情況。」

「那天埃德彌的心情也很好，還給我多出來的飛龍競賽的棋子當作賠禮呢。」

「這樣啊，飛龍競賽嗎？真懷念啊。我小時候也經常玩那個。」

摩恩的嘴角微微上揚。他果然是相信自己兒子的。

衛兵們一定也是如此……

＊　＊　＊

「英雄莉特，我聽說妳已經是半引退的冒險者，這次妳或許只是為了幫助艾爾而採取接受委託的形式，但我還是想把我們目前掌握到的情報告訴妳。如果妳肯協助的話，我們也願意支付報酬。」

聽到摩恩這麼說，莉特雖然一臉為難，不過還是表示：「那就聽一聽吧。」答應聽取他們的情報。於是，我和莉特兩人現在坐在摩恩辦公室的椅子上，艾爾和坦塔他們先回去了。

我原以為身為當事人的艾爾會抱怨，但也許是摩恩剛才的道歉讓他感到不知所措，他順從地點點頭就回我店裡去了。

「雖然可能有點冒昧，但我有一件事想確認。」

「你是雷德對吧，儘管問吧。」

「埃德彌有用過那個毒品的跡象嗎？」

摩恩臉色一變。

「我叮囑過他，只有敗類才會碰那種東西！」

「但是，我想你應該也很清楚才對，這和上次亞爾貝的隊友坎博所造成的事件有多相似。」

凶器是埃德彌不擅長使用的斧頭，再加上毫無原由的行凶。而在事件結束之後，前者是全員死亡，後者則是下落不明。

「摩恩，關於那個毒品，我希望你能把你知道的全告訴我。」

摩恩露出凝重的神色。他苦惱了一會兒後，終於開口說：

「還沒有確鑿的證據，因為佐爾丹沒有人具備『鑑定』技能。我們已向中央請求派遣有『賢者』或『聖者』加護的人才過來……但恐怕被忽略了吧。」

「果然跟加護有關吧？」

「沒錯，那個毒品，我們叫做偽神藥，那東西可能會讓加護增加。」

原來如此，雖然不知道詳細情況，但這樣一來，加護的衝動也會改變吧。所以埃德彌才會向坦塔表示自己已經擺脫了打架專家的加護衝動。

即便出現那麼多受害者，還是有必須使用偽神藥的理由。再加上「可以成為嶄新的自己」這句宣傳標語。

為了擺脫神明挑選的職責，人們甚至依賴起危險的藥物。

## 幕間 勇者獲得翅膀

勇者露緹拔出劍。

宛如大象般巨大的螃蟹魔物泰坦蟹和隼頭斯芬克斯(Hieracosphinx)各有四隻，總計八隻魔物。

「為什麼斯芬克斯們在守護這個遺跡？」

艾瑞斯對斯芬克斯們拚死一戰的模樣感到相當疑惑。

隼頭斯芬克斯雖然智商不高，但人面斯芬克斯(Androsphinx)至少具備與人類相等的智慧。

牠們為何會守護這種沒人會來的遺跡數十年、數百年？

「誰知道？」

勇者露緹不感興趣地說道。這個問題與她無關。

眼前有敵人，自己手上有劍。

如此就沒有什麼事情是需要煩惱的。

露緹就這樣讓劍斜垂在身側，筆直地朝魔物殺過去。

（我喜歡戰鬥。唯獨這種時候，加護和我想做的事情才會一致。）

她跳起來躲過泰坦蟹揮下的鉗子，然後在空中分別一擊砍死襲向她的兩隻隼頭斯芬克斯，再斬斷另一隻隼頭斯芬克斯的一隻前腳。著地後，她立即舉劍向上突刺，將劍刺入頭上的泰坦蟹腹部。

這段期間，媞瑟和蒂奧德萊分別解決了一隻泰坦巨蟹。

「連鎖閃電！」

艾瑞斯用閃電鎖鏈燒焦了殘存的敵人。

「威力不夠。」

露緹面無表情地說完後，用穿著鎧甲的身子輕盈地跳到尚餘一口氣的最後一隻泰坦蟹上方，將劍深深刺了進去。

泰坦蟹隨著震動的地面倒下。從遺跡縫隙鑽進的沙子揚起了塵土。

「咦？」

一抹影子從塵土中迫近眼前時，艾瑞斯發出了呆傻的聲音。

從沙塵中衝出來的，是最後一隻隼頭斯芬克斯那大張著的鳥喙。

「唔、唔哇！」

慌張的艾瑞斯拔腿欲逃，但以「賢者」加護所賦予的體能而言，動作實在太慢了。隼頭斯芬克斯的鳥喙逼近，準備撕裂他的脖子，卻及時停在了他的眼前。

「露、露緹！」

露緹隨意抬起左手，抓住了隼頭斯芬克斯的後腦勺。

即使隼頭斯芬克斯擁有獅子的身體，還透過加護進一步強化了體能，但還是無法甩掉少女的左手。

露緹不發一語地更加使勁。

「啾嚕嚕嚕！」

重達一噸以上的隼頭斯芬克斯就這樣被她舉了起來。

只見那龐大的身軀在空中旋轉，接著響起頭部被摔爛的聲音。

露緹將隼頭斯芬克斯的頭部往地上砸了下去。

鮮血形成血泊，隼頭斯芬克斯的身體彷彿在對死亡作最後的抵抗一般，在血泊中不斷抽搐著。

「得、得救……」

「艾瑞斯，不要用範圍攻擊。我們現在只有四個人，要逐一減少敵人數量。」

「咦？是……」

「而且你站的位置也不好。雖然之前都是哥哥在負責掩護，但我、蒂奧德萊和媞瑟都不會做那種工作。自己要顧好自身安全。」

「對不……起……」

艾瑞斯咬緊牙關。露緹這番話說得相當有道理。雖然吉迪恩是很弱的戰力，但他知道該如何掩護隊友，陣形和戰術規劃方面的知識又十分豐富，對後衛的支援也做得非常到位。

吉迪恩還在隊裡的時候，艾瑞斯能更加輕鬆地施展魔法。

（不對，這都是達南和亞蘭朵菈菈離隊的緣故！如果他們沒有擅自離隊，戰鬥理應會更順利！）

一有失誤，艾瑞斯身為「賢者」的自尊心就會受傷。

為什麼會不順利？我可是「賢者」，是賢明的人才。這趟旅途一直是我在帶領大家前進，負責動腦的始終都是我才對啊。

儘管如此，為什麼他們不肯認同我？為什麼老是在誇獎吉迪恩那種拖油瓶？他到底做過什麼貢獻啊！

「我說完了，繼續前進吧。」

在艾瑞斯快要脫口埋怨之際，露緹彷彿在表示自己對艾瑞斯也沒興趣一樣，淡淡地說完這句話便頭也不回地走掉了。

她眼中已經沒有艾瑞斯了。

＊　＊　＊

他們一行人走在通道中，四面都是雕刻著壁畫和文字的巨石壁。

「錯不了的，這裡就是前代魔王時代的遺跡。」

看著寫在牆上的暗黑大陸文字，艾瑞斯這麼說道。

「艾瑞斯閣下，事到如今就別講這種大家都曉得的事情了。我們現在要思考的是，這個情況下該如何是好。」

襲擊露緹等人的是火之四天王杜雷德納麾下的岩漿史萊姆。這些史萊姆憑藉自身熱度來熔化遺跡內部前進，是在各地蒐集古代兵器的杜雷德納最自豪的部隊。

牠們的戰鬥力也很高，以噴出熔岩來應對敵方攻擊的反擊技能相當棘手。

「而且很多都具有『火術士』和『暴力拳士(Savage Fighter)』的加護。若整群攻過來的話，我們也會很危險吧？」

要撤退還是盡早為妙。愈往裡面走，情況就愈是不利；然而──

「如果前代魔王的兵器被奪走了，那就不知道我們是為何而來的了。」

聽到露緹這麼說，艾瑞斯也點頭同意。

「蒂奧德萊，妳放心吧。要真有個萬一，我會用冰魔法殺出重圍的。岩漿史萊姆很怕冰魔法。」

蒂奧德萊看似有話想說，但也許是覺得多說無益，便輕輕搖了搖頭。

（敵人可是潛藏在牆壁裡，不知道會從哪裡鑽洞衝出來啊。雖然是史萊姆，智商卻與人類相當，而且也沒掌握住牠們有多少數量。牠們光是躲在牆壁裡使出波狀攻擊，就會讓我們的魔力很快見底。）

不過，就算蒂奧德萊或艾瑞斯死了，「勇者」也會活下來吧。

她的實力一直在提升。就連身為槍術和法術專家的蒂奧德萊，也已經無法理解她如今的程度有多高了。

（只要勇者閣下能活著，或許也沒關係。）

思及此，蒂奧德萊泛起少見的苦笑。

「早知道我也去找吉迪恩閣下了。」

換作是他的話，這種情況下也一定找得到自己能盡的最大努力吧。他和除了戰鬥以外一無是處的她不同，是一個很有遠見的男人。「當感覺到自己在拖累別人時，該怎麼做才好？」她這時才後悔自己當初怎麼沒有請教他這個問題。

蒂奧德萊腦海中浮現吉迪恩許久未見的臉龐，一股懷念之情油然而生。

＊　＊　＊

高康大惡魔(Gargantua)。在遺跡最深處鎮守的，是看似在山羊骸骨上披了層薄皮、超過十公尺高的巨大惡魔。高康大惡魔是上級惡魔的一種，手拿大得誇張的巨劍，從張開的嘴巴裡滴落酸性口水威嚇敵人。

「對手竟然是高康大惡魔……！」

艾瑞斯見到上級惡魔在這裡，驚得張口結舌。高康大惡魔被視為巨人型惡魔的最上位種，若純論近戰能力，在眾多惡魔種之中也屬最強惡魔。無論是蒂奧德萊還是媞瑟，都因為面對強敵而面露緊張的表情……唯獨露緹在思考其他事情。

「為什麼這裡會有高康大惡魔？聽說惡魔隸屬於魔王軍，但死在那邊的是岩漿史萊姆沒錯吧？」

這與剛才艾瑞斯對隼頭斯芬克斯抱持的疑問正好相反。不管隼頭斯芬克斯是誰的下屬，對露緹來說都無所謂，然而她卻對高康大惡魔存在於此的意義產生了興趣。

魔王軍即惡魔。即便翻閱那些不可靠的歷代魔王相關文獻，也只有這個部分是完全一致的。

「前代魔王和現任魔王泰拉克遜的勢力不是具備相同的思想和主義嗎？根據書上寫的，惡魔這支種族不存在多樣性。」

除了阿修羅惡魔這種例外，惡魔也擁有加護。但是，同族的惡魔在出生時全都擁有同一種特定的加護。以眼前這個惡魔來舉例，所有高康大惡魔都擁有「高康大惡魔」的加護。目前尚未發現擁有「戰士」或「魔法師」等加護的惡魔。

倒不如說，僅有獨自一種加護的種族就稱為惡魔。

「所以，惡魔是整支種族共同承擔加護的職責。哥哥曾研究過可能是神明在期待他們來擔任邪惡的反派。」

高康大惡魔沒有回答，而是發出轟動整個遺跡的咆哮。

應該是放馬過來的意思吧。

「真有趣。」

露緹微微勾起嘴角笑了。

在漫長的夜晚裡，她和哥哥討論過好幾次這個議題。魔王軍為何物？他們所對付的東西，真面目究竟是什麼？

如果哥哥也和她一樣在這裡的話，他會說什麼呢……露緹想像一下，內心便稍微安定了下來。

＊　＊　＊

「所以我不是說了嗎！」

蒂奧德萊喊道。雖然蒂奧德萊張開的結界擋住岩漿史萊姆的進攻，但被攻破只是時間早晚的問題。

打倒高康大惡魔後，火之杜雷德納和岩漿史萊姆部隊彷彿看準時機似的，朝他們襲擊而來。

高康大惡魔所張開的結界也消失不見，岩漿史萊姆們接連從牆中冒出來。牠們就是在等這個時候吧。

露緹等人逃進原先由高康大惡魔守衛的大門內側，躲在裡面不出來。除了露緹之外，所有人都在對決高康大惡魔的戰鬥中耗盡了力氣。艾瑞斯只能再施展幾次魔法，蒂奧德萊的魔力也殘存無幾，整個人氣喘吁吁。

「我回來了。」

「媞瑟！怎麼樣？前面有能夠殲滅魔王軍那些傢伙的兵器嗎？」

要說希望的話，就是位於這前方的兵器。只見艾瑞斯懇求似的喊道。

「有一艘船。」

「船……船？」

「路上的陷阱已經解除了，請跟我來。」

說完，媞瑟又返回通道。他們沒有其他選擇了。

於是勇者一行人追上媞瑟。

＊　＊　＊

沙漠裂開，某個龐然大物的影子飛上天際。雖然看起來像一艘沒有帆的帆船，但有無數螺旋槳在旋轉，巨大的船體懸浮在空中。船上那些長年累積下來的沙子被吹散，成為閃閃發亮的光點墜落而下。

「這、這是什麼啊！」

「這是飛空艇。」

媞瑟面無表情地握住操縱杆控制著飛空艇。

然而，面對第一次操作的裝置集合體，她的手也因為緊張和不安而顫抖著。

儘管數量不多，但魔王軍的火龍獸部隊還緊追在後。

就目前來看，飛空艇的船體有很多木製零件。遭到火焰攻擊的話，火勢可能會蔓延開來……媞瑟如此想道。非得趕快逃走不可！

「媞瑟，妳專心開船。就算那些龍獸追上來了，我也會想辦法搞定的。」

「好的，勇者大人。」

露緹走向甲板。從甲板俯瞰下方是一片徒步走會大吃苦頭的血沙漠，他們已經衝到沙漠居民的村落附近了。

「這速度真是驚人啊，勇者閣下。」

站在露緹身後的蒂奧德萊感嘆道。

「是啊。」

「而且這還不是最大速度，前代魔王的兵器果真可怕。有這艘船的話，就能夠在全世界暢行無阻了……勇者閣下有想去的地方嗎？」

「那個地方我是沒辦法去的，只要我還是勇者。」

露緹抬頭看著在上方旋轉的螺旋槳說道：

「我用不起這雙翅膀。」

飛空艇──能夠在全世界自由飛翔的翅膀。當在場的人幾乎都被這雙翅膀深深吸引之際，唯獨露緹心灰意冷地自嘲著。

# 第三章 「武器大師」與半妖精少年

「我想你一定很辛苦，不過要加油喔。」

「謝謝惠顧。」

艾爾向離開的客人點頭致意。艾爾現在正坐在雷德店內的櫃檯顧店。這一週以來，雷德和莉特經常不在店裡。

基本上他們至少會有一人在店裡，但今天他們都不在，所以就輪到艾爾顧店了。

由於艾爾幾乎不懂藥，如果客人詢問該吃什麼藥，他就會讓對方寫下症狀，再由雷德把藥送過去。客人並沒有多到絡繹不絕的程度，但人潮還是遠比艾爾想像的多，他光是找藥就忙得暈頭轉向。

「我要一瓶白莓膏。」

「好、好的！」

有些客人會指著陳列架說要哪種藥，也有些客人只會像這樣告訴他藥名。雖然架上的藥都貼有藥名的標籤，但把客人晾著去找藥也讓他備感壓力。

「我看看，有了，是白莓膏對吧。」

總算找到後，他呼出一口氣。

順利交差也讓他安心了下來，他帶著笑容把藥遞給客人。

「總共2佩利！」

看似魔法師的男子將八枚四分之一佩利銀幣放在櫃檯上。

「衛兵沒有欺負你吧？」

「咦？」

放下銀幣的男人說道。這個衣服滿是汙漬的矮小男人揹著細長的布袋。艾爾總覺得自己在南沼區見過他。

「衛兵很討厭我們南沼區的人啊，他們根本沒想逮捕犯人。再說了，艾爾，他們根本打算要以撒謊為由把你抓起來吧？」

艾爾的腦海中掠過一週前坦塔被抓時的畫面。

但是，衛兵隊長摩恩當時已經道過歉了……

「萬一出事的話，就去拜託畢格霍克吧。雖然他對敵人心狠手辣，但對南沼區的夥伴們很好。你的父母現在也在畢格霍克那裡。」

「……可是，爸爸叫我待在這裡。」

「你父親的心情我也能理解，畢竟衛兵們一直伺機準備教訓畢格霍克和我們，他是覺得遠離是非比較安全吧。」

男人探出身子，抓住了艾爾的肩膀，而艾爾不禁全身一僵。

「但這是不對的。艾爾，你被衛兵盯上了，這家店也遭到了監視。」

「監視？怎麼可能……」

「你敢肯定沒有嗎？衛兵認為最簡單的解決辦法，艾爾，就是將一切都當成是你在撒謊啊！」

「…………」

男人更加用力地抓住艾爾的肩膀，讓他感到肩膀有些刺痛。

「噢，抱歉，我沒有要嚇你的意思，只是為你擔憂而已。」

男人嘿嘿地咧嘴笑著，像是要讓艾爾安心似的摸摸他的肩膀，然後鬆開了手。

「不過，畢格霍克很關心你。如果感覺有生命危險……另外就是，不爽總是遭到欺凌的話，就來宅邸吧。地點你知道吧？」

「我也住在南沼區啊。」

那棟宅邸矗立在到處都是破屋的南沼區，顯得格格不入。

南沼區的居民不可能不認識南沼區的角頭——盜賊公會的副手畢格霍克。

住在南沼區的人所賺的零星收入都要從中扣除一些繳納給畢格霍克。相對地，由他負責治安差到衛兵都不想管的南沼區自衛活動……名義上是如此。

老實說，艾爾對他沒什麼好感。

「你不妨去跟宅邸的守衛表明身分看看。他會給你的臉頰一個吻，再招待你進宅邸享用熱湯喔。」

門上的鈴鐺發出聲響。那是紐曼診療所的護理師，應該是來買藥的吧。

「唉喲，可不能打擾你做生意，抱歉講太久了。那再見啦，我會等你來的……啊，對了。」

男人把揹著的袋子放到櫃檯上。

「你的加護是不是最近覺醒了？我是從你父親那裡聽到的，聽說是『武器大師』對吧？真了不起啊。我們這裡無關年齡，一旦加護覺醒了，就會被認可為不再是恣意生活的小孩，而是要完成神明賦予的職責的大人，這是規定。」

「大人嗎？」

「這就是告別孩提時代的餞別禮，送給南沼區出身的明日之星。你是在南沼區長大的，所以這份力量要貢獻給南沼區。我們都是用這樣的方式在悲慘處境中活下來的。」

艾爾打開袋子，發現裡面放著一把曲劍。

「這、這是！」

他將劍身微微拔出劍鞘，見到那光輝時，他不由得叫出聲。

「這是施加了強化魔法的紅鋼寶劍，從兵刃之都『伊格思島』的旅行商人那兒弄到手的。」

「這、這麼貴的東西我不能收！」

這把劍恐怕要價3000佩利以上吧。

C級冒險者要經歷一番激戰才能得到這種名劍。

「沒關係啦，這是對未來的『武器大師』獻上的祝福，願神的庇佑與你同在。」

在艾爾把武器還回去之前，男人就咧嘴一笑，閃身離開藥店。等男人出去後，紐曼診療所的護理師便一臉擔心地往櫃檯走過來。

「沒事吧？你和那個人認識嗎？」

「……他好像和我住在同一區。」

艾爾勉勉強強擠出這一點說明。

過沒多久，雷德回來了。

「雷德先生，歡迎回來。」

「呼～我回來啦。」

「莉特小姐呢？」

「一時半刻還不會回來吧。」

聽雷德這麼說，艾爾露出遺憾的表情。

傍晚跟莉特練劍是艾爾現在最大的樂趣。

「你今天應該不能和她練習了吧……我想想，這樣吧，今天我來陪你練劍吧。」

「雷德先生陪我練？」

「我不會用曲劍，所以沒辦法像莉特那樣教你劍法……但可以讓你體驗一下和其他武器對戰時的情況也不錯吧？」

「好、好的。」

話雖如此，艾爾確實也有點小瞧雷德。

畢竟平時的練習對象是英雄莉特，儘管他感覺得到雷德也不僅僅是D級的劍士，但還是跟英雄莉特差太多了。

（而且，雷德先生不會用曲劍。）

雷德到現在還佩戴著銅劍，對武器比較講究的人是不會選這種廉價武器的。

大概就值5佩利吧，根本無法和他今天得到的那把要價超過3000佩利的名工曲劍相提並論。不知不覺中，艾爾已被這種思維牽著鼻子走。

雷德來到後院，拿起靠在牆邊的掃把。

「好，那就開始吧。」

雷德手上只拿著一支掃把，連木劍都不用。

「怎麼了？」

「沒、沒什麼，就是……武器呢？」

「你的武器不就在腰上嗎？」

「不是說我的！是說雷德先生的！」

雷德露出壞笑。

「一支掃把就夠了。」

艾爾一下子火大了起來，他自己也不知道為什麼會這麼氣。只不過，他隱約明白這可能是加護的衝動。

他是使用曲劍的「武器大師」，他相信這是最強的武器。

然而，對手卻說用一支連武器都不是的掃把就夠了。誰能容許這種事？這個人是在瞧不起曲劍！

「武器大師」的加護對艾爾如此呢喃著。艾爾直接拔劍衝了出去，連開始的信號都不等。雖說練習用曲劍是以柔軟的軟鐵製成，而且磨平了劍刃，但仍舊是金屬塊，使勁毆打還是能傷人。

不過，此時的艾爾滿心都是想要不帶迷惘地全力揮舞曲劍的慾望。

「咦？」

理應衝向雷德的艾爾，回過神來已經在仰望晚霞染紅的天空了。

看來他不知何時倒在地上了。到底發生了什麼事？艾爾腦袋混亂地躺在地上看著雷德，太過驚訝導致他連加護的欲求都消失無蹤了。

「『武器大師』對恐懼和混亂的抗性很強，但對於憤怒的情緒就很弱。首先你要學會自律。」

「咦，啊，咦？」

「看到你不假思索就直線衝過來，我就用掃把掃倒你的腳。」

他什麼都沒看到。

即使聽了雷德的說明，艾爾也想不起來自己是怎麼倒下的。

「的確，就武器來說，掃把是三流以下的替代品。但是，它的攻擊距離比曲劍長，魯莽衝過來的話，當然是掃把會先打到你吧？」

艾爾跳了起來。

「哦？」

雷德愉快地笑了。艾爾臉上已經沒有剛才的憤怒，他內心燃著激昂的情緒，用宛如打磨的利鋼一般冷靜而透澈的，然後用劍指著雷德。

「不錯，像這樣的傢伙才會成長啊。」

面對這次謹慎地擺好架勢的艾爾，雷德舉起了掃把。

＊　＊　＊

「武技：衝擊劍！」

艾爾大喊著揮起劍，劍氣化作劍刃迸飛出去。

「哎呀，已經學會武技了啊？」

雷德輕輕揮動掃把，艾爾的衝擊劍便被輕鬆彈開消失了。

「嘿！」

艾爾本來想拉開足夠的距離，但被抓到施展衝擊劍的空檔，雷德立刻逼近，將掃把的前端頂到他眼前。這已經不知道是第幾次了。

「我輸了。」

「你暫且別再學新的武技了。雖然武技很華麗，但要先練好基本功才行。」

「是……」

艾爾怎麼也無法脫離雷德的攻擊範圍，下意識連武技都施展出來，但也被他輕鬆防守住了。

「好，今天就到此為止吧。」

「那個……」

「怎麼了？有問題嗎？」

「為什麼你這麼強，卻是D級冒險者呢？」

莉特是令人欽佩的高手，然而雷德的實力卻深不見底。

雖然艾爾還是略懂皮毛的外行人，但直接對戰過後，他明白雷德是足以匹敵莉特的超強戰士。

「唔～這個嘛，我覺得不用因為實力很強，就非得往上爬才行啊。」

「咦？」

「我現在很快樂。和莉特一起開店，偶爾教導你們這些孩子戰鬥的入門技巧，身邊有人遇到麻煩就幫他一把……我很享受現在這樣的生活。」

「可、可是，如果能受到很多人尊敬，善盡加護的職責，成為千古留名的大英雄……這種人生不是更好嗎？」

雷德感到有趣似的笑了笑。

「你不久前還對加護感到不安，說更想要『鬥士』的加護；現在倒像是完全適應加護了啊。」

「咦？啊……也對。」

艾爾發現自己思維的轉變後感到愕然。

不知不覺中，他開始希望能成為英雄。

「沒關係，這也是一種人生啊。為劍而活，功成名就，為劍而死，名留青史。這其實也不錯吧。」

「…………」

「只不過我不一樣，僅此而已。」

「今天，有個人……應該是畢格霍克那邊的人吧，他送了我一把劍。」

「劍？」

「那是非常昂貴的名劍，有了它，我要成為莉特小姐那樣的英雄也不是問題。我是這麼想的……但是，那真的是我自己的想法嗎？還是加護讓我那麼想的……我自己都搞不清楚了。」

「我也沒辦法讀取他人的內心啊。不過，我想想……如果煩惱的話，不如問問自己的劍吧。」

「問劍？」

「看是想要砍殺更多敵人，還是只為了守護重要之人而殺敵……問問自己的劍在渴望什麼。其實這是以前聽一個認識的長槍高手說的，我只是原封不動地搬來用而已。」

「……這樣啊，謝謝你！」

「嗯。那差不多該吃晚餐了吧。」

「好！」

艾爾注視著手上的練習用劍，用力地點了點頭。

＊　＊　＊

劍刃是反映自己內心的明鏡，可以透過劍刃與真實的自己對話。

據說擁有「十字軍」加護的槍術代理師範蒂奧德萊如此教導聖堂騎士們，若是為加護的衝動所苦，就按這個方式去做。

禁慾的聖堂騎士生活經常與各種加護的衝動產生衝突。

蒂奧德萊說起自己以前含辛茹苦地教育擁有「野孩子」加護的少女時，一回憶起往事，那張總是充滿武人風範的臉龐泛起了笑容，我和高等妖精亞蘭朵菈菈都吃了一驚。

「雖然費了不少心力，但最後她成了我引以為傲的聖堂騎士喔。」我清楚記得蒂奧德萊說這句話時，看起來非常開心。

不過——

「送劍當禮物嗎……」

晚點來調查一下那把劍吧。

＊　＊　＊

我在客廳喝著蘋果酒等莉特回來。

「我回來了～」

「歡迎回來，弄這麼晚辛苦了。」

「嗯～我快累死啦。」

莉特搖搖晃晃地走向我對面的椅子……才怪，她抱住我，坐在我的大腿上。

「噢！」

「呼，總算活過來了。」

「說得像是在泡澡一樣。」

「啊～泡澡很棒呢，一直說要蓋一間，結果都忘了。」

「等現在調查的事情都結束了，就去找岡茲商量看看吧。」

「不知道得花多少呢。」

莉特把下巴放在我的肩部，整個人軟綿無力。

「對了，有樣東西想讓妳看看。」

「什麼東西？」

「艾爾從畢格霍克的部下那裡得到了一把曲劍。雖然我已經檢查過了，但也想讓妳看看。」

「好啊，我還是有力氣使用偵測魔法的。」

「嗯，東西就放在那張桌子下面。」

莉特的手鬆開了我的脖子，人卻就這樣坐在我的大腿上伸長手拿起袋子。

她從袋子裡取出劍後，詠唱偵測魔法來檢查上面施加的魔法。

「一把小型曲劍。劍刃是紅鋼，劍柄是黑檀木，劍首比劍格還大，出自群島諸國伊格思島的鍛造師之手。這把劍還不錯，算是適合C級冒險者的高級品吧。」

「魔法呢？」

「基底是簡單的強化魔法，強化了劍身的鋒利度和硬度。手上的預算足夠的話，可以附加魔法效果，也可以再進一步強化，正好適合C級冒險者當作第一把魔法武器來用，只不過——」

莉特凝視著鑲嵌在劍柄上的寶石。

「錯不了的。這把劍附加了定位魔法。」

定位魔法能顯示出被施法的物體所在地。

透過這個魔法所得到的情報，除了單純向施法者傳達地點之外，還可以連結到羅盤來顯示方向，或者連結到地圖和棋子，讓任何人都知道該物體的地點。

「這樣啊，我的結論也一樣。」

我是從知識面來調查，莉特則是透過魔法的靈氣。既然雙方結果一致，那就不會有錯了。

「定位啊……從善意的角度來想，是為了能在艾爾出事時幫忙吧。」

「你信嗎？」

「當然不信。畢格霍克可不是那種『好人』。」

畢格霍克為了在盜賊公會成名所留下的許多「傳說」，在這個佐爾丹可是凶殘到格外引人注目。由於他的手法導致樹敵過多，因此他很少離開南沼區這個屬於他的地盤。

「應該是有什麼想要掌握艾爾位置的原因吧。」

所以才會送他如此昂貴的魔法武器。

「啊，抱歉，明明妳回來這麼累。在外面吃過了嗎？我準備了三明治，但如果妳還沒吃的話，我去給妳做一頓更豐盛的。」

「三明治就行了。」

「是嗎……妳在外面沒吃東西吧？」

「嗯，但是我現在想繼續這樣待著。」

莉特好像有點不對勁。

感覺她比平時還要寂寞，或者說不安……

「怎麼了？發生什麼事了嗎？」

「你說，我們能像這樣一起生活多久呢？」

「多久……」

果然是發生什麼了吧？

莉特露出我從未見過的不安表情。

「當然是永遠啊，我是這麼打算的。」

「真的？」

「真的啊，我有騙過妳嗎？」

「……有！」

「咦？」

「你說遺跡在左邊！結果是在右邊！」

啊！她指的是在洛嘉維亞探索遺跡時的事情嗎？

「那、那個是……說起來，當時明明是在比誰先得到妖精的財寶，哪有人會在這種情況下相信對手的話啊！」

「反正你就是騙過我啦！」

莉特緊緊抱住我，一直嚷嚷著我騙過她。

我泛起苦笑，溫柔地回抱她。

「是是是，我確實撒了讓自己得利的謊。」

「果然！」

「換句話說，我不會撒對自己不利的謊。」

「什麼意思？」

「我想和妳永遠在一起，沒有撒謊離開妳的理由，所以我沒有騙妳。」

「……真是的，你講這種話都不害臊的嗎？」

「這當然……超羞恥的啊。」
莉特安分下來後，輕吻了一下我的脖子，接著依依不捨地放開我。
「我還是想吃雷德做的菜。」
「沒問題，我馬上去做。」
「……謝謝你為我做的一切。其實，我也想永遠和你在一起。」
「那就永遠在一起啊。」
去廚房之前，我又看了莉特一眼，發現她的神情依然有些不安。

＊　＊　＊

兩小時前，夜晚的南沼區——
「痛、痛痛痛死了，求妳饒了我吧！」
一副流氓樣的男人被莉特反折手臂，痛得發出了哀號。
「真是的，害我費了一番工夫。」
「我有『飛簷者』的加護妳還能在市區抓到我，妳是怪物嗎！」
「那不是重點！好了，快點把你藏的東西交出來。」

「混帳！」

手臂發出咯吱聲，男人的額頭滲出急汗。

莉特只要再稍加使勁，他的手臂大概就斷了。

「還有，我可不是要折斷你的手臂，而是要扯掉喔。畢竟光折斷還是能治好。」

「妳、妳這傢伙！」

男人察覺到這個女人言出必行。最壞的情況，就算把他折磨到半死不活也要扒光衣服找出「那個」吧。他在被她抓住的當下就已經完蛋了。

「我、我知道了。」

男人虛弱地把懷中裝有藥的袋子遞給莉特。

「你們的戒備太強了，光是調查竟然就花上好幾天，真是浪費我一堆時間。」

「…………」

「哎呀，你怎麼突然安靜下來了……怎麼了？」

男人沒有回答她。

他的嘴巴無力地張開，口水流了下來。

「難道是！」

即便是英雄莉特，空白期還是會讓她變遲鈍。然而，又有誰料得到在這個加護等級普遍不高的邊境佐爾丹，會被埋下需要用到「上級鍊金術」此技能的「活體炸彈」呢？

伴隨「砰」的一聲，男人的身體炸裂開來，震波和綠色液體往四周橫掃而去。莉特雖然迅速後退，但還是沒能躲掉，手腳都沾到了液體。

「黏性炸彈！」

這個具有鳥黐那種黏性的東西叫做黏著炸彈，是鍊金術加護的固有技能。該技能可以改變炸彈的性能，而這個透過特殊調合製成的炸彈能夠散布用鍊金術做的黏著物。

巴著莉特手腳的黏著物無法輕易取下，限制了她的行動。

（太大意了！）

胸口開了個大洞的男人倒在地上，應該是當場死亡。

（有人來了！）

破風般的聲音響起，三個用布蒙面的人從建築物的後方現身。

剛才的炸彈也是用來呼叫這些人的吧，用意在於消滅目擊者。

莉特動著被黏著物限制住的雙手，嘗試拔出曲劍——

（剛才的黏性炸彈噴到劍鞘了！）

不幸的是，黏著物黏到曲劍把劍鞘固定住，無論怎麼使勁都拔不出來。

「呿……」

三個蒙面人衝了過來。

莉特也無暇施展精靈魔法，就這樣帶著一身黏著物往旁邊跳開。

「唔啊！」

莉特邊往後跳邊用腳踹飛一個蒙面人。

他在地上滾動，然後猛力撞上簡陋房屋的牆壁。

「……尋常人被我踹一腳可能就一命嗚呼了呢。」

只見被踹飛的男人微微晃著頭站了起來。

「『刺客』的加護……看來不是啊。」

雖然那副身手很像「刺客」的加護，但她總覺得不太對勁。

（是用偽神藥增加了加護嗎？但他沒用斧頭。）

莉特看了看自己流血的左臂。

對方的刀刃在剛才的接觸中劃過了她的上臂。儘管不是什麼大不了的傷……不過，這證明對方是足以傷到她的高手。

（萬全的狀態下還有辦法應付，至少要把劍拔出來。）

用精靈魔法應該就能把黏在身上的黏著物去掉，但對方不可能給她這個機會。

（如果這些人是冒險者，實力差不多是B級下位，應該比亞爾貝還強吧？）

只要有劍就好了。莉特對自己的輕忽感到咬牙切齒。

（或者，對方是用劍的話。）

蒙面人的武器是手甲鉤，一種裝在拳頭上的武器，上面有三根鐵爪。那種武器難以搶奪，就算搶過來她也不會用。

莉特掏出懷中的小刀。這原本是要當作遠程武器來使用的，但眼下只能用它來戰鬥了。蒙面的男人們察覺到形勢對他們有利，都不懷好意地瞇起了眼。

此時，一道巨影越過這些蒙面人的頭頂。

「唔呃！」

一記揮下的拳頭打碎了蒙面人的頭蓋骨，當場斃命倒在了地上。

「幾個小賊圍攻一個女人啊。」

男人伸出沾血的拳頭恫嚇他們。

莉特不禁眨了眨眼，確認自己是不是認錯了眼前的這名男人。

這太扯了，為什麼他會在這裡……莉特內心如此叫道。

「達南……！」

「喲，莉特，真沒想到能在這種地方重逢啊。不過要敘舊的話，先把他們收拾掉再說吧。」

只剩兩人的蒙面人看到這個肌肉壯漢的臉，紛紛湧起了殺意。

「……為什麼你會！」

然而，他們還沒說出下句話，就被達南的拳頭瞬間粉碎了。這是字面上的意思。留在現場的，只有一堆不成人形的肉塊而已。

＊　＊　＊

「水精靈，洗淨我的身體吧。」

莉特集中精神結印後，出現了一隻沒有鱗片的魚。水精靈將她身上的黏著物、左臂的傷以及血汗沖洗乾淨。

儘管身體乾淨了，她的心情卻沒好起來。

「達南，你怎麼會在這裡？」

「這個問題我也想問妳啊，不過算了。反正就是勇者大人叫我來找吉迪恩的。」

莉特的胸口猛地刺痛。當然，這不是肉體上的傷。

然而，剛才被砍到的傷口完全無法跟這股痛楚相提並論。

「那你要帶吉迪恩回去嗎？」

「本來是這麼打算的啦。」

達南撓了撓後腦勺。

「雖然我來佐爾丹還不到一週，但對於情況還是有一定程度的掌握……沒想到那個吉迪恩和莉特竟然……」

達南打趣地笑了笑，隨即又斂起了神色。

「我打算當作自己什麼都沒看到，就這樣回去。」

「咦？」

「吉迪恩找到自己的歸宿了吧？這樣就夠了，我不會特地帶走他的。」

「真的？」

達南那張嚴肅的臉孔泛起笑容點了點頭。

「我本來就想盡快離開這裡，免得被妳發現……但這裡好像也不怎麼太平啊。」

達南說完，拔掉倒下的屍體面罩。

「這是……！」

莉特見狀，頓時說不出話來。

屍體頭上有角。剛才理應還是人類形狀的腦袋上一根毛髮都沒有，只長著兩支彎曲的短角。

「追蹤惡魔！惡魔中的刺客！中級惡魔怎麼會來佐爾丹？」

「不清楚。只不過，這起事件的背後可是比想像中要來得黑暗啊。」

「……！」

「這很危險……但我不會要求你們別插手，老實說，我一個人很難應付，你們兩個能幫忙是再好不過的了……只是我不方便出現在吉迪恩面前，畢竟他的責任感很強。」

「也是……」

「所以說，莉特，我想和妳交換情報。我現在住在南沼區一間叫做『黑貓亭』的旅館裡。」

「我知道了。」

之後，他們互換與現狀有關的情報。剛才的「飛簷者」果不其然是盜賊公會的人，而且似乎還是畢格霍克派系的人。

「幕後黑手是盜賊公會，這有點老套啊。」

「所謂的事件不就是這樣嗎？」

「唔。」

達南摩娑著下巴，陷入了沉思。

莉特靜觀一陣子，但看來不會有更多進展，她便決定回去了。

「那我就先回去了。」

「好，可別再像剛才那般大意了啊。」

「我會牢記於心的。」

莉特悄然無聲地離開了。

達南感知莉特離去的氣息，深有感觸地低喃了起來。

「雖然曉得吉迪恩在這裡，但沒想到莉特也在啊。這世界的法則可真有意思。」

扮成達南模樣的那東西邁起步伐，往旅館走去。

「只吃了一隻手臂，記憶不夠完整啊。吉迪恩那麼了解達南，跟他見面想必會很不妙吧。但願可以躲到惡魔們的企圖被拆穿為止。」

那東西露出與原本的達南截然不同的笑容，在夜路漫步而行。

＊　＊　＊

同一時間，海邊的村子——

「哦哦，他醒了耶！」

達南睜開眼睛。看來他似乎漂流到某個村子了。

猛烈的空腹感襲來，他虛弱地出聲說：

「我、我想吃東西。」

「請別急，先喝口白開水吧。」

達南接過上面有缺口的杯子，仰脖一口氣喝光裝在裡面的白開水。

他的胃立刻開始痙攣，強烈的嘔吐感席捲而來，然而……

「真好喝！」

「怎麼會，一般來說胃是承受不了第一口的吧？」

村民見達南咕嘟咕嘟地喝下白開水，全都傻住了。

「真是個不得了的人物，明明昏迷了一週啊。」

「我昏迷了一週？」

達南看向肘部以下已然消失的右手，失策的屈辱讓他的臉漲成青紫色。

「那個混蛋！雖然不知道那傢伙是怎麼活下來的，但下次遇到絕對要宰了他！」

達南記得那傢伙應該早就死了，他親眼看見吉迪恩用劍砍下了他的頭。

阿修羅惡魔錫桑丹——假扮成洛嘉維亞公國的近衛兵長蓋烏斯，意圖在背地裡摧毀公國的魔王軍將軍。

襲擊達南的人，無庸置疑就是那個阿修羅惡魔。

「好極了，既然怎樣都殺不死，那就先殺他個十次再說！就這麼決定了！」

達南舉起拳頭揚言要復仇。

村民們面面相覷，交頭接耳地猜測這個超人兼怪人究竟是何方神聖。

＊　＊　＊

「雷德先生，我先把止暈藥從儲藏庫拿出來喔。」

「好，拜託了。」

艾爾完全學會店裡的工作了。

現在讓他一個人顧店也不成問題吧。小孩子的學習速度簡直快得驚人。

「還有，莉特小姐也別一直纏著雷德先生親熱。再不去調合灰色海星草的藥就來不及了吧？」

「咦～可是最近這麼忙，我能跟雷德在一起的時間很少耶。」

莉特枕在我並不怎麼柔軟的大腿上嘟嘴抱怨，但還是乖乖離開了。

最近艾爾到必須認真工作的時候才會發牢騷，所以莉特在被唸之前都會放心地和我膩在一起。其實，身為一個成年人還這樣確實有點不像話，但我也喜歡和莉特膩在一起，所以沒有加以攔阻。

「話說回來，你幫店裡這麼多忙，我們可得付打工費給你才行啊。」

「沒關係的，畢竟每天都能吃到很棒的飯菜。」

「但還是不太好意思啊。」

「對了。」

莉特插嘴說道。

「買把曲劍給艾爾用吧。」

「咦？這、這怎麼可以，那不是要比打工費還貴嗎？更何況，我已經有別人送的曲劍了。」

曲劍屬於稀有武器，貴了點是很正常的。

鋼鐵製的曲劍價格是60佩利，同樣鋼鐵製的長劍是30佩利，因此貴出一倍，而且這還是量產粗製品的價格。若是由著名鍛造師打造會更貴，有附加魔法則會躍升到數千佩利。刀劍這種武器就是比其他武器昂貴。

之所以會這樣，是因為鍛造鋼鐵必須用到鍛造技能，儘管只是初級。

刀劍的整個刃身都需要鍛造，最少得把加護升到5級，並且投入大量技能點，以致能夠製作刀劍的人很有限。

在這一點上，銅劍只要鑄造就做得出來，不需要技能，所以即便材料本身比鐵貴，還是能以10佩利以下的便宜價格買到。儘管銅出於材料性能的緣故，無法製成雙手劍或長柄武器這種較長的大型兵器，但銅劍依然是新手冒險者的好夥伴。

1佩利大概是平民一天的生活費，換句話說，60佩利的曲劍等於兩個月的生活費。從艾爾住在類似貧民窟的南沼區來看，說不定相當於他四個月的生活費。他應該是覺得這些錢以半個月左右的打工費來說，給得太高了。

「不過呢，艾爾，那把曲劍你用不上手吧？」

「哪、哪有……」

被我說中後，艾爾支支吾吾了起來。

「這是正常的啦。用習慣之後，使用者確實有辦法適應武器，但一開始還是用符合自己體型和習慣的武器比較好。」

「我一開始也請人做了一把自己專用的劍呢。」

莉特露出懷念的表情，似乎是在回想剛開始練劍的時候。

我也清楚記得自己當初去找村裡開鑄造店的大叔討論了一番，請他幫我打造第一把銅劍。

不過，送給艾爾的曲劍一定要鋼鐵製的才行。

而且「武器大師」大概也不會滿足於銅製的曲劍。

「既然決定了，那中午過後就去買吧。」

「咦？今天就去嗎？」

「鍛造店傍晚就會關門了啊。」

「可、可是……」

「當然，我也會陪你去買的。不對，應該是雷德會陪我們去買才對，畢竟我比較懂曲劍嘛。」

「連莉特小姐也這麼說……」

我走到艾爾旁邊，摸了摸那一頭捲髮。

「你還是個孩子就別顧慮東顧慮西的，這種時候只要大聲道謝就夠了。」

「……好的，謝謝你們，雷德先生，莉特小姐！」

艾爾的臉頰上浮現酒窩，露出了孩子氣的笑容。

＊　＊　＊

位於平民區外圍的龍獸武具店——

這裡是自稱屠龍者（Drake）的矮人莫格利姆的店。

「歡迎光臨。」

在櫃檯的是莫格利姆的夫人敏可。她是人類女性，年齡約莫四字頭後半，是個很有福態的阿姨。

她和身材矮小的矮人莫格利姆站在一起的畫面很妙，但不知為何很般配。這兩人就是給人這樣的感覺。

即使佐爾丹有許多半人類居民，矮人配人類的夫婦也很少見。

「這不是雷德嗎？終於想換掉銅劍了啊？」

「不是的，我是要買劍給我們的艾爾當作禮物。」

「難道是第一把？」

「沒錯，所以才來找莫格利姆商量。」

「哎呀，這可得卯足勁來做才行呢！我去把我家那位叫來。」

敏可一邊「老公！老公！」地叫著，一邊走向店面旁邊的鍛造場。

艾爾正呆呆地發愣著。

「雖然你常常和坦塔一起玩，不過很少進店裡看吧？」

「是的。」

「平民區的人就是這樣，都是些怪人。」

「怪人是什麼意思啊！」

男人的叫嚷聲在屋內迴響著，以矮人的基準來說，他也顯得特別小隻。只見這個身高和矮小的艾爾差不多的男人聳高著肩膀走過來。就像其他矮人一樣，他的嘴巴周圍都被濃密的鬍鬚所覆蓋。

「難道你沒自知之明嗎，屠龍者？」

「你這傢伙！還在懷疑俺嗎！好吧，即使再說一遍也無妨，你就聽聽俺把恩佧湖之主——受詛咒的霧之大帝，也就是霧龍『法夫納』殺掉的那場戰役吧！」

「不用了啦。再說，名叫法夫納的霧龍獸我根本聽都沒聽過。雖然你把恩佧湖說得像是潛藏著龍獸的祕境，但那裡可是因為漁業而小有名氣的地方啊。」

莫格利姆的故事每次都不一樣。他在某個湖打倒了某種魔物應該是事實，但除此之外都是他胡亂編造的。

「你給我適可而止一點啦！」

「唔啊啊？」

見莫格利姆還準備繼續吹牛，敏可一腳朝他的後腦勺踹了下去。

由於體型差異，莫格利姆就這樣臉朝下地摔在地上。

「少跟客人講廢話！這可是這個叫艾爾的孩子的第一把劍！你得做出一把讓人家滿意才行啊！」

「噢，痛死了。真是的，妳也用不著踹人吧？」

「好了，動作快！」

莫格利姆站起身，遮住臉龐的鬍子沾到了碎屑，他便用手拍掉。

「所以，就是這個半妖精小子是吧！曲劍啊？這訂單是滿棘手的，但不用擔心！後面倉庫有很多武器，你去那裡試一下再決定要怎樣的平衡度吧。」

「好、好的！」

「那我也一起去吧，我對曲劍還算了解唷。」

莉特說完，莫格利姆就眨了眨眼。

「竟然能讓英雄莉特幫忙做武器，你可真是幸運啊。」

「我也是這麼想的！」

艾爾開心地回道。

＊　＊　＊

他們三人朝裡面走去，我則在店裡隨便挑了把武器來看。

莫格利姆擁有工藝師系列中的上位加護「符文鍛造師」。

本來的話，他去開專門服務貴族和上級冒險者的店也不奇怪，但他和加護的契合度似乎不佳，不擅長為武器附加魔法效果。

不過，他在一般鍛造的表現上無可挑剔，因此作為平民區第一鍛造師深受大家敬仰……吹牛的部分就另當別論了。

店門發出嘎吱聲響。

「哎呀，這不是雷德嗎？你怎麼跑來這種地方摸魚啊？」

「嗯？是怎樣，岡茲、史托桑還有紐曼醫生都來了？真是稀奇的三人組啊。」

進來的是我很熟悉的三個人——半妖精木匠岡茲、半獸人家具商史托姆桑達，以及人類醫師紐曼。

「我和紐曼醫生本來就約好一起來。我來訂木匠的工具，醫生要請店家打造醫療用手術刀。」

岡茲這麼說道，而紐曼也點點頭。

「我是來修理削家具用的刨子和刀子，剛好遇到了他們。」

三個人，三種風格。眉目俊美的岡茲、長相可怕的史托桑，還有頂著禿頭與溫和笑容的紐曼。他們互相開著平民區的無聊玩笑，在矮人的鍛造店裡談笑風生。

「對了，雷德，說說你同居生活的肉麻事吧。」

「我也很感興趣呢。雷德，你們相處得怎樣啊？」

三人帶著壞笑盯著我看。

「好吧，既然想聽，我就成全你們。不過，我勸你們作好心理準備啊。我一談起莉特，那可是會說到好不容易修完的工具又生鏽的。」

這種無聊的玩笑也讓他們三人哈哈大笑，史托桑拍了拍我的後背。

「你這傢伙可真幸福啊。」

「真希望我也能在某處找到好對象啊。」

「診療所的那個女生呢？」

「她有男朋友了，而且還是C級冒險者。」

「真假～那醫生肯定沒贏面啊。」

「雷德你身為D級冒險者有資格說我嗎？」

「我有莉特啊。」

我得意地這麼說完，他們三人便相視點了點頭，接著聯手狠敲起我的腦袋。我連忙逃向敏可所在的櫃檯。

「唉，你們幾個很幼稚耶。」

敏可雖然很傻眼，但臉上卻是開心的笑容。

＊　＊　＊

「對了，雷德，關於莉特小姐買的單人床……」

我們四人又閒聊了一會兒後，便聽到外面傳來了怒罵聲。

「搞什麼，有人打架？」

「去看看吧。」

愛湊熱鬧的岡茲和史托桑爭先恐後地跑了出去。

只有我和紐曼留在現場。我和他對看了一眼。

「雷德，我打算跟受傷的笨蛋敲一筆藥費和治療費，你覺得如何？」

「哦～不錯啊，那就去賺點零用錢吧。」

我們一邊聊著要用賺來的錢買什麼，一邊跟著走出去。不過，外面並不是有人在打架。看起來是帶著兩個年幼孩子的母親正在跟兩名結夥的男子爭執。

帶著孩子的母親是平民區的居民，那兩個男人我則沒見過，也許是南沼區的人吧。只見孩子們害怕地抱緊母親，母親則張開雙臂護住孩子，氣勢洶洶地反駁男人們。

「你們夠了沒！要去的話，你們幾個自己去不就行了嗎！」

「太太妳也看不慣衛兵還有議會那些傢伙吧？南沼區、平民區和港區，如果受到欺凌的我們不團結起來抗議的話，佐爾丹是不會改變的！」

「住口！沒看到孩子們都在害怕嗎！」

即使被兩個男人恐嚇，她還是毫不退讓地回嘴，真不愧是平民區的母親。

「喂，岡茲，史托桑，究竟是怎麼一回事？」

「不清楚，不過好像是那兩個住在南沼區的傢伙在鼓吹人一起去議會大道的衛兵駐地抗議。」

「這麼說來，他們這幾天在動員人馬的樣子。」

「因為有供餐給參與者，所以不只是南沼區，好像連平民區和港區那邊也動員了不少人。」

這件事我也曾聽說。

衛兵因為這樣而出動許多人力戒備抗議活動，結果沒有足夠人手負責埃德彌事件和毒品事件。雖然似乎有委外冒險者協助這部分的調查，但冒險者們也都忙著處理擱置了整個夏天的各種委託。

現在只有我和莉特能夠照常出動，實際情況就是如此窘迫。

「我看不下去了！」

史托桑氣焰高漲地衝了出去。

「喂，我說你！別太過分了！」

「你誰啊！」

「在問別人的名字前，應該先報上自己的姓名吧！我是史托姆桑達！在這個平民區開家具店！」

「史托桑！」

「瑪利雅貝爾，你們快走吧，搭理這種傢伙只是浪費時間罷了。」

史托桑對被糾纏的母親說道。

母親稍顯猶豫，但立刻點點頭，正要離開現場……

「喂喂喂，你這突然冒出來的傢伙是怎樣啊，混帳！」

兩個男人擋住了史托桑的去路。

「混帳在說誰混帳啊！」

史托桑毫不掩飾凶惡的本性，一把揪住南沼區男子的衣領。

男人似乎是火大了，他掄起右手就要揍史托桑。

「哎呀。」

我從背後抓住了他的手。

「臭、臭傢伙！」

「算了吧。要是揍了史托桑，你們也吃不了兜著走。」

「你、你說什麼鬼話啊！」

「看看周圍。」

「周圍……！」

平民區的居民聽到騷動，紛紛聚集在周圍。

「唔……」

所有人都瞪著那兩個南沼區的人。

這裡的人都曉得史托姆桑達家具店，而且都在店裡買過家具。如果有人敢揍這位值得敬愛的平民區半獸人工藝師，大家會很樂意請他吃拳頭。

「呃，唔……可惡，一群蠢貨給我記住！和畢格霍克作對的人全都悔不當初啊！至今為止可沒有人違抗畢格霍克還能平安無事的！」

搬出畢格霍克的名字後，人們產生了動搖。盜賊公會副手的名字在平民區也具備著十足的威懾力。

男人們壯了些膽。他粗魯地甩開我抓著他右手的手，還有揪著他衣領的史托桑，然後揮舞雙手大喊畢格霍克的名字。

「你們的臉我可都記住了，不過小小平民區，只要畢格霍克有那個意思，隨時都能踏平這裡，勸你們趁現在多練練舔鞋子的技能吧！」

「哦？不好意思，我並沒有後悔耶。」

一名女性現身，只見她一臉滿不在乎地把男人的狠話當耳邊風。

「我攪和了好幾次他的生意，他應該很恨我吧。雖然我剛來佐爾丹那陣子，確實在睡覺時被他的手下偷襲過，但我砍了二十個人當作妨礙睡眠的代價後，就再也沒有動靜了呢。我一點也不後悔跟他作對呢。」

「英、英、英雄莉特！」

莉特笑著將手放到曲劍的劍柄上。

「而且我也很喜歡史托兄的店呢，現在睡的床就是跟史托兄買的。如果史托兄受傷了，我會感到很難過的。」

「咦？啊……那個……」

「對了，我認為二十人和二十二人並沒有差別，你覺得呢？」

「「非常抱歉！」」

男人們哀號似的道完歉便落荒而逃。

「真不愧是莉特小姐！」

「過獎、過獎。」

周圍掀起一片讚嘆的歡呼聲。

而莉特則露出跟剛才判若兩人的傻氣表情揮了揮手。

# 幕間

## 洗刷過去的汙名

當我醒來時，感覺到背後是地面的堅硬觸感。

「你睡得還真香啊。」

一道無奈的嗓音傳入耳中。

我睜開眼睛，發現有一雙感覺很強勢的天藍色眼眸正探究著我。

「唔……已經早上了嗎？」

我的腦袋像是蒙著一層霧。看來有點睡昏頭了。

呃，這裡是……

啊，對了，我們和莉特一起打倒剪刀手惡魔之後，在返回洛嘉維亞王都的路上紮營過夜。

「真是的，為什麼我得和你睡同一個帳篷啊？」

莉特噘著嘴抱怨。

「這確實是委屈妳了，但妳的隊友都逃掉了，要是妳在魔王軍四處徘徊的情況下獨自旅行的話，不是很危險嗎？」

因此，莉特和我們暫時組成隊伍一起旅行了。然而，莉特和我們在立場上是相互敵對，艾瑞斯擔心她會使計搗亂所以很反對。

經過了多次討論，最後決定讓我一直跟在莉特身邊監視，艾瑞斯才總算同意了。而在確定睡覺也要一起的時候，這次換露緹不高興了，莉特也抱怨連連，真是夠了。

「唉。」

我嘆了口氣後，原本噘著嘴的莉特便露出鬱鬱不樂的表情。

「怎樣啦，幹麼嘆氣……」

「啊，哦……連續戰鬥讓我精神上有點疲憊。抵達洛嘉維亞王都之後，或許可以借用浴室泡澡來放鬆一晚呢。」

我試圖用這番話搪塞過去，但莉特還是一臉陰鬱地盯著我。

「呃，那什麼，我也沒想到艾瑞斯會那麼固執啊。我只是覺得妳一個人太危險才決定一起旅行的，但其實繞路找個城鎮再分開也沒關係，一定會有冒險者或衛兵願意和妳同行吧。預計還要再紮營一天，妳打算怎麼辦？有必要的話，讓蒂奧德萊負責監視的工作也行。她和我不同，是個武人，想必不會講多餘的廢話吧。」

「我又沒說討厭和你在一起。」

莉特臉色微紅地打斷了我的話。

「咦，呃，這個。」

她的反應出乎我的預料，我不知道該怎麼回話。

「我明白你講的話有道理，而且我也是個冒險者，並不會因為帳篷裡有別人就隨意抱怨。」

「不是啊，妳剛才還在問為什麼要跟我睡同一個帳篷耶。」

「那是……因為……」

莉特背過身去，我在她背後可以聽到像是在尋思措詞的嘟囔聲。

「總之，我又沒說不願意……！所以你不要露出那種表情啦。」

「表情？」

「我也知道自己給你添了很多麻煩和辛勞啊……對不起。」

「沒、沒關係，妳不用道歉。反正艾瑞斯最近總是在抱怨我，我早就習慣了。」

莉特的態度驟變。到底是怎麼了……我的表情難道有那麼奇怪嗎？

「問妳喔，我剛才露出了什麼表情啊？」

「……很難受的表情。」

「喔，畢竟一直在戰鬥嘛。我也是會有心情低落的時候，並不是妳的錯。」

「……想、想發牢騷的話，我可以聽你說喔。」

莉特就這樣背對著我，嗓音變尖地這麼說道。

「我和你不屬於同一個隊伍，正好可以當彼此訴苦的對象呀。就、就發發牢騷而已沒關係吧？離艾瑞斯他們醒過來還有點時間。」

外面還有蟋蟀在叫，是有一點時間沒錯。

我有些猶豫，但莉特這番話有幾許擔心我的意味。的確，最近我的加護等級終於漸漸被追上，我對於能否跟上今後的戰鬥感到很不安。

到頭來，若是追究我的「引導者」加護有哪些問題，只會得出我的任務已經結束的結論吧。如果我自己找不到能夠超越「引導者」職責的目標……雖然不曉得有沒有那種東西，但找不到的話，我就無法再和露緹一起旅行了。

「……也是，那妳可以隨便附和幾句嗎？」

「嗯。」

我唯獨在這個時候才會產生想要依靠別人一下的想法吧。莉特重新轉向我，起初只是靜靜地聽我說。然而，隨著話題深入，她就開始替我對艾瑞斯的措詞感到憤慨與不甘心，彷彿這些事情發生在她身上一樣，不斷變換著表情。

「你為什麼要忍啊！這些不都是艾瑞斯的錯嗎！」

莉特這麼說道，氣得像自己才是當事人。我見狀笑了笑……然後……

＊　＊　＊

就在這時，我醒了。

「是夢嗎？真懷念啊。」

在洛嘉維亞森林道路那一夜的記憶。

「莉特當時也是像這樣睡在旁邊呢。」

兩張床靠攏在一起，莉特睡在我只要伸手就能摸到那張可愛睡臉的距離。我輕輕碰了一下她從單薄的夏季蓋毯伸出來的手。

「雷德……」

這時，她叫了我的名字，我嚇了一跳，以為她醒了；結果她依然一臉幸福地熟睡著。難道我出現在她夢中了嗎？

我夢到了莉特，莉特也夢到了我。明明只是這點程度的小事，卻在意識到之後，臉龐就瞬間滾燙了起來。

不過，我之所以作那個夢，應該是因為白天史托桑說了那番話吧。

「雙人床啊……」

在那陣騷動平息後，史托桑這麼對我提議：

「床的事情真的不後悔嗎？一定是雙人床比較好啊，我也想讓莉特小姐用最頂級的床。反正才用沒幾天，現在只要付差價就讓你們換成雙人床。」

在洛嘉維亞的那夜，我和莉特在小小的帳篷中近得幾乎肩並肩地睡在一起。相較之下，我們現在是把床靠在一起。儘管觸手可及，但並非肩並著肩的距離。

此外，莉特最近不知道怎麼了，一直對我們的日常生活（慢生活）會不會結束感到很不安。

「去買雙人床吧。」

應該由我主動接近莉特才對，讓她不會再感到不安。於是，我在避免吵醒莉特的情況下，悄悄定下了明天的計畫。

＊　＊　＊

隔天，我和莉特來到史托姆桑達家具店，目的是購買昨晚決定好的雙人床。

「昨天才說完，今天就來了啊？」

史托桑那張嚴肅的臉上露出帶有傻眼意味的笑容。

「我還以為要到事件結束你們才會來呢。」

「要是忙著處理事件，疏忽了我和莉特在佐爾丹的幸福生活就太浪費了吧？」

今天是來買雙人床的，所以我也有種豁出去的感覺。該怎麼說呢，因為史托桑是熟人的緣故，害我有點難為情。

「唉，看來和原先來買床的時候相比，你們感情進展了很多啊。早知如此，一開始就買雙人床多好，瞧你這沒出息的。」

「我都來買雙人床了，沒出息這個汙名就還給你了。」

「欸，雷德！你覺得選哪個好？我喜歡這個看起來牢固一點的！」

莉特沒有理會正在互相調侃的我和史托桑，既雀躍又認真地比較著那些床。

「不愧是莉特小姐，真是好眼光。」

史托桑那張嚴肅的工匠臉孔轉變成笑咪咪的營業笑容，走向了莉特。

「這是用據說只有在獨角獸棲息的森林裡生長的白馬樹（White Horse Tree）製成的，請看！這優美的紋理、微微散發的森林氣息，而且宛如獨角獸的角一般強韌又柔軟。我可也很少經手如此逸品喔。」

莉特愉快地聽著史托桑的推銷話術。話說回來，這不會貴得嚇人嗎？

「……不過，算了。」

就算很貴，以莉特的資產而言也算不了什麼吧。要是因為我的自尊心而導致莉特不能買想要的床就太遺憾了。比起為此妥協，我更希望她買下自己喜歡的東西以免後悔。

「雷德，過來一下。」

「好，我這就過去。」

莉特站在全新的床旁邊露出幸福的笑容，我也難掩嘴角笑意地走了過去。

＊　＊　＊

安排完床的配送工作後，我前往北區的衛兵駐地。

「艾爾，我來接你了。」

「雷德先生。」

去買床的時候，因為讓艾爾一個人待著很危險，我們就來拜託衛兵們照顧他。

當然，原因不止如此就是了。

「抱歉讓你久等了，沒出什麼問題吧？」

「嗯。雖然有點害怕，但有兩個人很好的衛兵在，所以沒問題。」

兩名衛兵在艾爾身後揮著手。

「他們不是南沼區的人，但好像是幾年前移民過來的，所以比起其他衛兵，他們對南沼區沒那麼反感。」

艾爾這麼說完，臉上泛起笑容。看來是那兩個衛兵負責照顧艾爾的。我記下那兩人的長相，簡單向他們道了聲謝，然後離開衛兵駐地。

＊　＊　＊

晚上。房間裡有一張雙人床，以及我和莉特兩人。

一和二。也就是說，如果一不能容納二的話就算不盡，也無法把二分成一和一。我思考著這種漫無邊際的事情，逃避面對眼前問題。

「雷德。」

「呃，嗯。」

「快點上床呀。」

莉特一個人坐在床上，說著「快點、快點」催促我。

她現在穿著寬鬆的睡衣，脖子上也沒戴方巾。她一邊搖曳著一頭金髮，一邊用手拍了拍床。

「我知道啦。」

沒錯，事到如今還縮什麼縮。我抱著平常心坐到床上。

我們都沒有躺下，只是坐在床上對看著彼此。

「唔！」

最先投降的是莉特。雖然她很主動，但內心其實很容易害羞。她拿起枕頭擋住紅通通的臉龐，慌張地動著雙腳。

這樣也很可愛！

「快點睡吧？」

枕頭後面傳來了聲音。

「嗯，好啊。」

我吹熄燭臺的火，只剩下從窗戶灑進來的月光照亮房間。在月光之中，莉特緩緩拿開擋住臉的枕頭，她臉頰泛紅，微微抬眸看我，那雙漂亮的天藍色眼眸正顫動著。

「雷德真是的，臉那麼紅。」

莉特紅著臉這麼說完，便羞澀地笑了。

我沒有回答，而是在床上躺了下來。

「來。」

我張開雙手邀請莉特。

莉特睜圓雙眼，彷彿要藏住滿溢的感情似的用雙手遮住嘴巴。

「來、來了！」

「噢。」

莉特閉著眼撲到我身上。

由於她用力過猛，我們在床上輕輕彈了一下。

「心跳得很快呢。」

莉特把自己的胸抵在我的胸口，這麼說著笑了起來。

「妳說誰呀？」

她不說我也知道……當然是我們兩人。

莉特把額頭靠在我的肩膀上，環到我背上的雙手更加使勁。兩道怦通跳動著的心跳觸碰在一塊。

那頭美麗的金髮摸起來就像絲綢一樣柔順。莉特的唇瓣印在我的脖子上，就連從緊貼的身體傳來的莉特體溫也很惹人憐愛。

莉特的手原本隔著衣服觸摸我的背部，這時迅速往下移動，從腰部伸進了我的衣服裡。她的手指直接碰到我的後背，我因為幸福感而顫抖了一下。

「莉特。」

我叫了聲她的名字，她便抬頭凝視著我。那微微張開的雙唇溢出難耐的吐息。

「雷德，我……」

我與莉特額頭相貼，雙手移到莉特睡衣的鈕釦上。

解開一顆鈕釦後，纖瘦的膚色鎖骨和肩膀便看得一清二楚。

再解下一顆鈕釦，那豐滿又姣好的胸部便敞露開來，雙峰間還滲著汗珠。

莉特的手也碰向我衣服的釦子。解開後，手指在我的胸口上摩娑。她的掌心溫熱，稍微冒著汗。

「對不起，我的手都是劍繭，很粗糙吧……因為從小就一直練劍……」

莉特難為情地低下頭。我用左手握住莉特的右手，將其貼到我的臉上。

「我就要這雙手。」

莉特抬起泛紅的臉，剩下的右手也貼到我的臉上，接著她飛快地將臉湊近，我們的嘴唇重疊在一起。

我用右手解開莉特睡衣的下一顆釦子，那敞開的胸部晃動了一下。她顫著身體，保持接吻的姿勢陶醉地瞇起眼睛。

我的手朝莉特的胸部伸過去……

「唔！」

這時，房間外有動靜。我和莉特分開雙唇，不由得停下了動作。

「好像是艾爾去喝水了。」

「而且還躡手躡腳的，好像在顧慮我們呢。」

我們就這樣看著彼此，害羞地笑了。

「我說莉特，看來今天還是……」

「真是的，雷德明明很帥，卻這麼沒出息。」

莉特用開玩笑的語氣說完，又一次，這次是輕啄了一下我的嘴唇。

接著，她緊緊抱住我。我們裸露的胸口緊貼在一起。

「抱歉，我本來也只是打算跟你打鬧一下，但途中就忍不住喜歡的心情。」

「我也一樣喔。」

「這樣啊，嘿嘿……那我們睡吧。」

「嗯，睡吧。感覺我們兩個明天都要忙起來了。晚安，莉特。」

我親了下莉特的額頭，戀戀不捨地放開她。

「唔……討厭，害我又要忍不住了！晚安……我就把期待放到事件結束吧。」

莉特帶著幸福的笑容作一次深呼吸後，把解開的睡衣穿回去，並閉上了雙眼。

# 第四章

# 耽溺夢想的畢格霍克高談弘論

五天過去，今天是武器完成的日子。

「那你路上小心。記得不要亂逛，直接回家唷。」

莉特對艾爾揮了揮手。艾爾接下來要去拿他日思夜想的專屬武器。

他穿著包覆住全身的黑色大衣。

由於他可能已經被盯上了，所以那是用來遮掩外表的吧。

「那我走了。」

艾爾看起來很緊張。

＊　＊　＊

下雨了。夏天終於離去，今天的雨帶來一種冬天來臨的寒意。

也許是冷到了，大衣下的身體打了個哆嗦。穿著大衣的人將手放在腰間曲劍的劍柄上，繼續前進。只要穿過這條巷子，莫格利姆的鍛造店就在眼前。

「……！」

邊走邊晃動的大衣頓時停住。大衣人在細雨中佇足觀察四周。

前面四人，後面四人。

「嘿嘿……艾爾小弟弟。」

男人們的嘴角勾起笑意，手上都握著斧頭。

「畢格霍克找你，能跟我們走一趟嗎？」

他們誇耀本事似的耍弄著斧頭，並慢慢走了過來。

「怕到不敢出聲啦？放心，不用害怕，老實跟我們走就不會受傷。」

這是在威脅對方不老實跟他們走就會受傷。大衣擺盪了一下。

「……呵呵呵。」

「怎麼啦，艾爾小弟弟？難不成是嚇傻了嗎？」

「等、等一下，剛才那笑聲聽起來不像是少年……」

厚重的變裝外套被拋到了空中。

一邊享受著從纏繞在身上的幻術中獲得解脫的感覺，她開口說：

「你們以為我是艾爾嗎？很遺憾，是我喔！」

從大衣下現身的，是腰間佩戴著理應是艾爾持有的魔法曲劍的莉特。她的表情得意無比。

「定位魔法可沒辦法指定要誰攜帶啊！我是故意引你們出來的！」

後方的兩個男人立刻衝了過來。他們大概是覺得趁她還沒拔武器的時候動手才有勝算吧。

不過，他們越過莉特的身旁之際，莉特雙手早已握著曲劍，只見那兩人噴著血倒了下去。

「二十人變成二十八人，就不能說沒有差別了呢。」

莉特帶著挑釁的笑容這麼說道，拿著斧頭的男人們聽了不禁往後退去。

然而，有個男人向前踏出一步。

「放心吧，我不在計算範圍內，所以頂多就二十七人。」

「哎呀，是嗎？不過也對……畢竟，你看起來不像是人類嘛。」

雙手持斧的男子張開血盆大口，他的嘴角彷彿皮膚被撕裂似的咧開，身體膨脹成原本的兩倍。那赤銅色的身體全是隆起的肌肉，雙手也和斧頭融為一體。

「之前就想問你了，巨斧惡魔。」

「哦？無妨，我看情況決定要不要回答。妳想問什麼？」

「你那雙手是沒辦法洗身體的吧？很令人受不了耶，你就不在乎臭味嗎？」

「胡扯什麼啊，臭丫頭！」

聽到莉特的調侃，惡魔那張本來就是紅色的臉更加漲紅，朝她衝了過去。

莉特雙手架起曲劍，迎擊惡魔的攻勢。

＊　＊　＊

艾爾留在店裡，身邊還有兩名負責護衛的衛兵。他們在五天前照顧過艾爾，也就是那兩個移民過來的衛兵。店內沒人說話，只響著雨水打在屋頂的聲音。這個計畫是讓莉特當誘餌去抓住襲擊者，再帶到這裡交給衛兵。

雖然不確定是否真會遭到襲擊，但雷德說可能性很高。

而雷德現在應該也在莉特後面稍遠處支援她，以免出什麼意外，因此店裡只有兩名衛兵。

門發出嘎吱的聲響。店門已經掛上「本日休息」的牌子，照理說不會是客人。艾爾的表情瞬間緊張了起來。

一名衛兵拔出腰間的短劍走向門口，另一名衛兵則舉起斧槍。艾爾也拔出昨晚悄悄送來的專屬曲劍，僅是如此便讓他感到恐懼逐漸散去。新武器非常好用，遠比那把昂貴的魔法劍還要順手，彷彿是自己手腳的一部分。

「是誰？」

靠近門的衛兵問道。

「是我。」

這個聲音艾爾有印象。

是送他那把魔法曲劍的小個子男人的聲音。

「他是畢格霍克的部下！」

艾爾壓低嗓音，但強而有力地警告道。

衛兵看似領會地點了點頭……然後打開了門鎖。

「咦？」

艾爾不明白這是什麼情況。本來該保護自己的衛兵紛紛收起短劍和斧槍，點頭哈腰地迎接那個男人。

他並不是之前那副類似魔法師的打扮，而是在原本的盜賊衣上穿了件斗篷雨衣。

衣服內側縫著用鎖鏈編織的鎖子衣，不僅可以當鎧甲使用，行動時也悄無聲息。斗篷雨衣則是用抗火性很高的火鼠(Fire Rat)皮做成的高級品。

男人身後還跟著兩名穿著黑色兜帽大衣的保鏢。

「明明畢格霍克先生是為了你好才特意送你一把曲劍，你卻帶著那種便宜貨，真是個壞孩子呢。」

男人嘴角勾起不懷好意的笑。

「為什麼……」

「很簡單。」

男子打了個手勢，一名保鏢便從懷裡掏出兩袋銀幣交給衛兵。

「嘿嘿，非常感謝。」

「你們和畢格霍克是串通好的嗎！」

「英雄莉特似乎覺得騙到了我們……讓她這麼想不就是最保險的嗎？英雄一定會識破隱藏在那把武器中的魔法，然後用來當誘餌引我們上門。那個當下才正是瞞過英雄莉特的最佳機會。終究是我們技高一籌啊。」

艾爾舉起劍，但男人卻對艾爾露出冷笑，從袖子裡丟出某種球狀物體。

它在艾爾的腳邊爆炸，綠色黏液飛散四濺。

「咦，這、這是什麼！」

「這是黏性炸彈。我好歹也擁有『鍊金術師』的加護呢。」

無法動彈的艾爾被一名保鏢扛了起來。

從黏著物不會黏到他的大衣上來看，應該是事先塗了某種藥物吧。

「你要對我幹麼！」

「我們不會對你不利的。只是，改革總是需要英雄。畢格霍克先生以英雄而言太多黑料了，雖然還有另一個人，但那傢伙不屬於南沼區。從這一點來看，你既沒有任何汙點，又擁有『武器大師』這種顯赫的加護，所以我們要讓你成為南沼區的英雄。」

「英雄……？」

「而且也能見到埃德彌喔。」

「埃德彌？他到底躲到哪裡去了……難道……」

男子沒有回答，只是笑了笑。

「哎呀，萬一待太久被平民區的傢伙們發現可就糟了，咱們撤退吧。」

在無計可施的情況下，艾爾只能被扛著帶往畢格霍克的宅邸。

＊　＊　＊

南沼區林立著破爛房屋，這讓畢格霍克那棟用堅固圍牆圍起來的豪華宅邸格外醒目。他的豪宅是三層樓的石造建築，也許是地價便宜的緣故，占地非常遼闊。艾爾目前正躺在宅邸內的紅地毯上。

他是被扛著直接丟在地毯上，不過昂貴的地毯沒讓他受到絲毫損傷。

「你們到底想要我做什麼！」

雖然他表現得很堅強，但聲音卻在打顫。曲劍已不在他的腰間，他察覺到之前的勇氣是加護帶來的暫時性鼓舞，內心便受到了難以振作的重大打擊。

（我還是以前那個怕黑怕到大哭的我……）

艾爾因恐懼而顫抖著，但拚命地不讓自己哭。

「你就是艾爾嗎？」

眼前有個肥胖的半獸人，身高大概在一百七十五公分左右，外表看起來卻比實際身高巨大許多。

「你就是畢格霍克……先生？」

畢格霍克咧開尖牙外露的嘴巴，艾爾大概能理解他應該是在笑。

「沒錯，我的同胞。我就是南沼區的老大畢格霍克，稱呼我不需要加大人這種敬稱。對我來說，南沼區的大夥們都是同胞，隨意加個『先生』喊我就行了。」

畢格霍克露出很有他風格的笑容，朝艾爾走過去。

直到那粗胖的手指抓住艾爾的肩膀，艾爾才終於隱約泛出淚光。

「似乎是個意志堅強的孩子啊，我果然不會看走眼。」

「你、你指……什麼？」

「你沒聽說嗎？我希望艾爾你成為英雄。」

莫名其妙。正因如此，艾爾更覺得可怕。

「咱們就按順序說明吧。首先，這點應該用不著我說，那就是作為背景的南沼區慘狀。你也是南沼區的居民，應該很清楚才對。我們是外來者，從外地移居過來的，明明想要住在這個佐爾丹，議會那幫傢伙卻把我們丟到這種窮酸地區。」

「這我知道……」

「所以我決定從這裡發跡成名，在盜賊公會打響自己的名聲。我和佐爾丹那些懶蟲不同，是在戴岡公國首都的貧民窟長大的，那裡的行事風格可不像佐爾丹這般溫吞。我在戴岡這個四大貴族鬥爭幾十年的陰謀之都學會了『毒與短劍』的作法，要對付佐爾丹的小卒根本不在話下。忤逆我的全都殺無赦，結果連個有骨氣想復仇的傢伙都沒有，他們就只是嚇得從我身邊逃開而已。」

畢格霍克講起了他的幾個英勇事蹟。

聽著那些殘忍到讓人想捂住耳朵的英勇事蹟，艾爾的牙齒不住打顫。

「就這樣，我成為了議會那幫傢伙再也不敢找碴的存在。這已是相當了不起的成果了吧？」

「………………」

「但還不夠。我有能力繼續往上爬。只要踢下那些愚蠢、頹廢又毫無價值的佐爾丹人，由我來統治佐爾丹，這個城市就一定能改變！」

「這和你把我帶過來有什麼關聯？」

「我散布出去的藥，議會那邊好像稱為偽神藥吧，它的真名是『惡魔加護』。」

「惡魔加護？」

「本來只會由唯一絕對的至高神戴密斯賦予每個人一種加護。被賦予的加護會決定那個人的職責和人生，而且無法改變。人們都是為了完成神賦予的職責而活的。」

畢格霍克雙手大張。

「然而，並不是所有人都能接受自己的加護。不，倒不如說，大多數人都因為加護所要求的職責和自己所追求的人生有落差而感到痛苦，最後在鬱鬱不得志中死去！我原本也應該會那樣！我的加護是『拷問達人』，是會在某個監獄裡將慘叫和嗚咽當作慰藉，一生都要在充滿血汗和小便臭味的地窖裡度過的垃圾加護！這誰能認同？我可不想要那種人生。我希望自己像父親那樣，作為暗黑大陸的輕騎兵誕生，掠奪、大肆屠殺，然後壯烈死去，我想成為可以隨心所欲大興風浪的強大戰士！」

這就是畢格霍克的身世。艾爾明白他也是雷德口中否定加護的人的下場。

「『惡魔加護』是我們的福音。那種藥會賦予你新的加護，減弱原本加護帶來的衝動，換言之，它會給予你踏上嶄新人生的權利。任何人都可以走自己想要的路。」

「新的加護？」

「『惡魔加護』的原料是惡魔的心臟。現在流通的藥就是用五十頭巨斧惡魔的心臟做成的。」

「惡魔的心臟！」

「我不知道具體原理。我不需要了解過程，只要利用最後的結果即可。我要把『惡魔加護』當作武器，成為佐爾丹的君王。」

艾爾起初還覺得這是某種比喻。

佐爾丹是議會加市長的共和制。即使在種族歧視較少的佐爾丹，畢格霍克不僅不是貴族，甚至還是半獸人，要成為議員的可能性很低，更別說當市長了，無論他累積多少財富都沒用。

因此，艾爾原本以為他的意思是要當盜賊公會的首領之類的。

然而……在看到畢格霍克那充滿熱忱的眼神後，艾爾確定了一件事。

他是認真的。他是真的打算征服佐爾丹，以君王的身分統治這裡。

「那些受到『惡魔加護』強化過的南沼區人民，還有因為『惡魔加護』的成癮症而無法忤逆我的人，議會內外我都已經布好局了。剩下的就只有準備一個能夠讓冒煙的火爆炸的因子。」

「因子？」

「就是你啊，艾爾……喂，把人帶過來。」

畢格霍克一聲令下，那個在室內也穿著大衣、宛如影子一般的保鏢迅速離開房間。過沒多久，他帶來一名被繩子綁住的少年。

「埃德彌！」

艾爾喊了出來。聽到聲音後，原本無力垂下頭的埃德彌抬起頭來，一看到艾爾便露出痛苦的表情。

「對不起……不應該變成這樣的。」

「埃德彌……」

「我明明就只是……想要成為像爸爸那樣優秀的衛兵而已啊，為什麼事情會變成這個樣子……」

畢格霍克和埃德彌，這兩人同樣崇拜著父親，同樣苦於加護所賦予的職責與自身期待之間的落差。不過，畢格霍克的臉上沒有一絲的同情，只是為夢想近在眼前而感到欣喜若狂。

＊　＊　＊

傍晚時分，艾爾被帶到通往宅邸露臺的門邊。黏性炸彈濺到他身上的綠色黏著物全部被洗淨，也換上了新衣服，還被套上有著閃耀裝飾的白銀色胸甲。

艾爾的旁邊就是被繩子綁著的埃德彌，他依然穿著破爛的髒衣服，不曉得維持這副模樣已經幾天了。

「不會有危險的，你只需要順從自己加護的期望就行了。」

畢格霍克說道，露出意味深長的笑容。

他用雙手推開門後，傳來了盛大的歡呼聲。

「這……！」

映入艾爾眼簾的是無數正在大聲歡呼的人們，多到連畢格霍克那寬闊的庭院也容納不下。

他們幾乎都是南沼區的人，穿著破爛的衣服，臉龐也髒兮兮的。然而，人人都雙眼發光，高舉雙手呼喊著畢格霍克的名字。

「為什麼……」

就艾爾所知，雖然畢格霍克是老大，但他絕對沒有受到南沼區居民的愛戴。而且南沼區本來大部分都是移民過來的，不少人對半獸人都抱有偏見，應該很多人都會在背地裡罵他「那個豬臉」。

「人的好惡，只要一點因素就能改變。」

畢格霍克晃動著充滿脂肪的大肚腩笑了。

「哪怕是折磨南沼區居民的我，只要成為集結他們的怨氣向議會抗議的代表，也能像這樣成為受人歡呼的英雄。人們總是期盼著英雄的降臨。」

畢格霍克揮動粗圓的手臂後，人群又掀起更大的歡呼聲。

「我們的畢格霍克先生！我們的領頭人！」

（亂講，這傢伙可是讓大家受苦的壞蛋啊！為什麼你們這麼容易就上當了！）

然而，現實卻是留下許多殘暴傳說而受人畏懼的畢格霍克，儼然像勇者似的博得眾人的歡呼，正愉悅地揮手致意。

「那麼，諸位。就在昨天，我去佐爾丹議會和衛兵駐地發起了抗議。」

歡呼逐漸平息下來，若還有人想出聲就會遭到周圍警告，大家都用認真的表情等待畢格霍克的下一句話。

「目的不用說，當然是對於襲擊在場這位艾爾家人的歹徒一事抱不平。」

南沼區居民怒吼了起來。

畢格霍克一抬手，騷動立刻停止，但所有人心裡都充滿了對艾爾的同情，以及對衛兵們的憤慨。

「我問他們，為什麼集衛兵隊之力卻找不到一個少年。而他們是這麼回答我的——因為你們太吵了。」

怒吼聲再起。

「這顯然是歪理！我們之所以發聲，是由於正義並未得到伸張，要求正義的聲浪是不可能會妨礙正義實行！」

沒錯！說得對！人群中傳出了好幾道贊同的聲音。

「因此，真相只有一個！那就是衛兵自行營私舞弊！襲擊艾爾家人的犯人，就是衛兵隊長的兒子埃德彌！據說衛兵們也很寵他！這些人比起正義，比起我們的痛苦，認為同夥的孩子更重要。你們氣憤嗎？不甘心嗎？然而這就是佐爾丹！我們是外人！不管我們死了多少人，議會、衛兵還有佐爾丹都不會掉一滴淚！他們只會嘲笑垃圾又少了一個而已！」

憤怨聲四起，比剛才還要強烈。畢格霍克滿意地眺望著這幅景象。

「但是，你們是謹慎明理的南沼人。遭到富人們欺壓，同胞之間互相爭奪一點麵包屑，在這種生活中習得的本能應該曾這麼告訴過你們吧？衛兵真的是幕後黑手嗎？有什麼證據能證明呢……諸如此類。好，那我就讓你們瞧瞧證據！」

只見穿著大衣的保鏢從後面把兩名出賣艾爾的衛兵和埃德彌帶了過來，他們身上都綁著繩索。

「嘿嘿……」

衛兵垂著頭，嘴角卻浮現笑意。

「雖然這兩人被繩子綁著，但他們才是真正的衛兵，明瞭真正的正義之人！」

兩名衛兵往前一站，對著鴉雀無聲的聽眾們先深深地彎下腰。

「我要揭發我們自己的作為！在這裡的埃德彌是我們藏匿的！一切都是為了將艾爾他們，以及你們南沼區的證言變成無稽之談！」

話音剛落，瞬間爆出了怒吼聲。

「肅靜！諸位肅靜！」

畢格霍克喊了好幾次，聽眾們才終於安靜下來。

（可惡……！）

艾爾想要大喊他們在胡說八道。衛兵的演技既拙劣又虛假，只要仔細一看，任誰都能看穿他們是在撒謊。

「人就是如此容易被自己想要相信的謊言蒙騙。」

畢格霍克在艾爾耳邊低聲說道。那抓住艾爾脖子的粗胖手指大概能輕易扭斷他的脖子。他剛才在艾爾想要出聲的瞬間所使出的勁道，足以讓艾爾沉默下來。

衛兵的蹩腳戲還在繼續，聽眾們的反應也在畢格霍克的預料之內。

畢格霍克開始演講，提到了南沼區的貧困、待遇之差、環境之惡劣，甚至連佐爾丹會成為暴風雨必經之地都說得像是衛兵和議會害的。一席話說完之後，畢格霍克再度開口說道：

「這就是證據。還有人不信嗎？還有人相信議會和衛兵是正義的嗎？還有人懷疑我畢格霍克嗎？」

「畢格霍克先生！我們的領頭人！」

「很好！我們在此團結一心。至於我們今後該做什麼，該如何改變……那就是我們應該捨棄忍耐和寬容！」

埃德彌被迫跪在地上。

「我在此宣布，這不是盜賊公會專門幹的那種陰險陰謀！而是以正義之名實行的因果報應！是革命！」

一把曲劍遞到艾爾手上。

「既然衛兵不制裁邪惡，就由我們來定罪！如果議會欺壓我們，我們便再也不需要議會！」

埃德彌用怯怯的眼神看著畢格霍克，再看向艾爾。

「報仇吧，艾爾！對襲擊你父母的惡徒揮下制裁之刃！把惡徒的首級丟進革命的火焰，以此點燃迎接新佐爾丹的創造之火！」

「難、難道說，你是要我殺了埃德彌嗎！」

「沒錯，無論什麼原因，他襲擊你的父母是事實，誠如你當晚所看到的。」

「可、可是！是你唆使他的吧！」

「非也。我的確給了埃德彌藥，也給了他斧頭，還保護了逃走的他，但也就僅此而已。是埃德彌自己敗給了『惡魔加護』的衝動，為了殺戮而攻擊你的父母。你之所以差點一命嗚呼，也是埃德彌自己想要你死。」

他這麼一說，原本看著艾爾求救的埃德彌便慚愧地垂下了眼眸。

「就算我們不這麼做，埃德彌也會一直折磨你。你被他打了那麼多次，應該再清楚不過吧？」

「……話是這麼說沒錯。」

「再者，埃德彌因為『惡魔加護』的緣故，擁有兩個加護……殺了他，你的加護就能得到大幅成長喔。」

加護發出陣陣刺痛。在他眼前的是敵人。

那天晚上，拿著斧頭的埃德彌是打算殺我的。既然他想要殺我，那被我殺了也不能有怨言。他可是敵人，殺死敵人根本不需要猶豫。

艾爾的思緒之中混入了加護的衝動。反正自己不動手的話，埃德彌大概也會被其他人殺掉。那不如讓有殺他理由的自己來動手更好不是嗎？

艾爾拔出曲劍，被埃德彌毆打時的痛楚復甦過來。他想起當時的憎恨，流淚的屈辱灼燒著內心。就在此時，曲劍的劍刃上映出艾爾的臉龐。

「啊。」

他的表情很害怕，全無戰鬥的衝動。

「我決定了。」

艾爾舉起曲劍，果斷地揮了下去，而畢格霍克的大臉露出笑容。接著，只見埃德彌身上的繩子飄然落下，於是埃德彌驚訝地抬頭看向艾爾。

「艾爾……」

畢格霍克的笑容消失了。

他面無表情地盯著艾爾，用平板的嗓音問道：

「你是手滑了？還是猶豫了？」

「都不是。我的劍不想砍埃德彌，我只會砍我想砍的東西。」

「……我再問最後一次，你不打算改變主意嗎？」

「我決定好了，我的劍要和我跟埃德彌的敵人戰鬥。我是『武器大師』！絕對不會向自己的劍撒謊！」

「是嗎？那就啟動下一個計畫吧。」

畢格霍克揚起了左手。

擁有鍊金術師加護的小個子男人從腰上的道具箱裡拿出了斧頭。

「啊，嗚……」

見狀，埃德彌膽怯地叫了一聲。

「埃德彌！」

「沒用的。我就告訴你『惡魔加護』的失控條件吧。服下那個藥之後，天生加護的等級就會轉換成『惡魔加護』。轉換愈多天生加護的等級，加護的衝動就會愈小，所以服用者也會感受到猛烈的解放感。但是，如果『惡魔加護』高於天生加護的等級，就會產生強烈的上癮症，到那時候，似乎還會引發中毒症狀呢。」

「埃德彌，振作一點！」

「尤其是把天生加護的等級全都轉換掉的話，那可就麻煩了。作為藥物原料的巨斧惡魔會造成服用者看到斧頭就湧現殺戮的衝動，這就是最近一連串事件的真相。不過對我們來說，這倒是相當方便的特性就是了。」

埃德彌撞飛了艾爾。

雖然下面的聽眾聽不到露臺上的對話，但他們還是能察覺到異狀。聽眾們不安地喧鬧起來，注意著露臺的動靜。

「艾爾，你是英雄，就算家人差點被殺害，你依然試圖和犯人對話。然而，卑鄙的埃德彌卻踐踏了你的心意，以用斧頭殘殺這種暴行作為回答。此乃天理不容的行為。你是以身作則，親自為我們示範與他們對話是徒勞之舉。」

畢格霍克滑稽地抖動著肩膀。

「劇本差不多是這樣吧，你覺得如何？如果有想更改的地方，我是可以採納啦……不過最好快點喔，趁你還沒被埃德彌殺掉的時候。」

埃德彌撲向鍊金術師手上的斧頭。

艾爾內心充滿絕望，但他還是舉起了劍。

「咦？」

但在下一瞬間，斧頭被劈成兩半，男鍊金術師肩口流著血癱倒在地。

「『英雄莉特似乎覺得騙到了我們……讓她這麼想不就是最保險的嗎？』是這樣沒錯吧？說得很中肯，讓你們這麼想是最好的。」

將艾爾抬到這裡的大衣保鏢手上握著銅劍。

是他將鋼鐵製的斧頭斬成兩半，並砍倒了男鍊金術師。

「準備跳了，艾爾抓緊我！」

穿著大衣的男子抱起埃德彌，對艾爾這麼喊道，於是艾爾抱緊了他的脖子。

「怎、怎麼可能！韋伯利！你瘋了嗎！」

被喚作韋伯利的保鏢在兜帽下對畢格霍克勾唇一笑，隨即抱著兩個孩子跳下了位於三樓的露臺。

＊　＊　＊

變裝大衣（Cloak of Disguise）、幻術、易容術等，能夠改變外貌的魔法和魔法道具很多。為防變裝，檢查這類的魔法痕跡是常識。

當然，畢格霍克很周密地使用偵測魔法來防範入侵者，並未懈怠。

「只不過這其中有可乘之機。」

通用技能：變裝。

服裝、化妝、演技，很少有人會重視以這些技術進行的變裝。只有蠢蛋才會把寶貴的技能點浪費在這種用魔法就能辦到的事情上。

正因為這樣，我才有把握自己的變裝絕不會被識破。

我為此將調查工作交給莉特，自己去跟蹤要變裝的對象，觀察他的行為舉止。

之所以把艾爾託付在衛兵的值勤所，也是為了找到試圖接近他的衛兵。果不其然，那兩個人和畢格霍克串通起來了。

他們還將今天的計畫全盤告訴變裝後的我，所以我才會肯定自己可以安全地救出艾爾和埃德彌。

「你、你是雷德先生吧？雖然長相不對！從、從這裡跳下去沒問題嗎？」

「雜耍技能專精：平緩著地。」

我在落下途中不時踢著牆壁來減緩衝勁。

平緩著地是觸手可及的範圍內有牆壁的話，就能利用它來減速著地的精通技能。這個也是只要有飛行魔法就能解決的問題，所以被艾瑞斯嫌棄到不行，但對於經常單獨探路的我來說，這可是很方便的技能。

我平安著地後，對著從露臺探出身體、還沒搞清楚情況的畢格霍克輕輕揮了揮手，然後就這樣抱著兩人揚長而去。等到畢格霍克終於回過神來大叫的時候，他的身影已經變得很遙遠了。

＊　＊　＊

「埃德彌，先把這個喝了吧。」

「有點苦喔。」

我把裝著藥液的小瓶子遞給雙目無神的埃德彌。

埃德彌聽話地喝下瓶子裡的液體後，立刻瞪大了眼睛。

「好、好難喝啊啊啊啊！」

「抱歉，這藥比較敏感，沒辦法加調味的東西。」

「啊，咦，總覺得輕鬆了許多……」

「這藥能暫時降低技能等級，算是一種毒藥吧，聽說是野妖精用來暫時抑制加護衝動的藥。看起來對『惡魔加護』也有效，真是太好了。」

「野妖精的藥？為什麼你會有這種藥！」

艾爾和埃德彌都露出震驚的表情。

「抑制加護的東西會觸怒聖方教會，你們得替我保密啊。」

我把食指抵在嘴唇上這麼說道，他們兩人便連連點頭。

儘管是在這種情況下，得知祕密時臉上還是難掩興奮之情，少年真是一種堅強的生物呢。

「話說，莉特是告訴我到這裡就行了。」

交給莉特的調查工作在這幾天一口氣有不少進展。她似乎找到了一名優秀的幫手，畢格霍克監禁埃德彌一事，他企圖利用埃德彌和艾爾謀劃什麼，以及他的最終目的，全部都調查得一清二楚。

確實是非常優秀的幫手。聽說對方是流浪的冒險者……

「好像是佩戴著紅色劍鞘的劍吧。」

南沼區的居民幾乎都聚集在畢格霍克的宅邸，所以這一帶很安靜。

要說聲音的話，也就只有遠處被丟在家裡的嬰兒哭聲了。

「選在這裡等我們，看來是個隱形高手啊。」

完全察覺不到氣息。我警戒地環視四周，在看向右側的破爛房屋時，一個人影從陰影處出現了。那是一名肌膚微黑，看起來人很好的青年。

他的腰間佩戴著有異國裝飾的長劍，劍鞘是紅色的。

「你就是雷德吧？」

「所以你是莉特說的幫手嗎？名字我記得是畢伊。」

青年臉上浮現爽朗的笑容。

不過，我從他身上感受到一種不可輕忽的鋒芒。

「沒錯，我是畢伊。我在附近布下了幻化成艾爾和埃德彌模樣的精靈，應該能爭取一點時間。」

「本事不錯嘛，那接下來就照計畫進行。」

「你們在說什麼啊？」

艾爾聽不懂我和畢伊的對話，一臉不安地問道。

「我們在討論要怎麼幹掉畢格霍克。」

我這麼說完，艾爾便吃驚地睜圓雙眼。

「很抱歉撇下了你們，照理說這件事該向你們解釋清楚的。」

艾爾和埃德彌有重要的任務。不，就算說畢格霍克要由他們打倒也不為過吧。就在這時候——

「雷德。」

畢伊簡短但嚴厲地發出警告。

「我知道。十一個人啊？」

朝這裡接近的氣息是十一人，其中九人擁有隱匿技能，大概是追蹤惡魔。跟莉特交手的就是他們吧。

「我負責一半。」

畢伊拔出劍。只見他左手持劍，沉下腰，把沒拿劍的右手伸向前方。我第一次見到這種架勢，但可以感覺到其中的技術，不是單純依賴技能而已，看來他應該很可靠……不過——

「這裡由我來防守。畢伊你帶艾爾他們去說好的地點。」

「我是無所謂，但沒問題嗎？對方的戰力可還是未知數啊。」

「畢竟只是拖住敵人的腳步罷了，不用擔心。」

「……說得也是，那就拜託了。我會負起責任把他們送到目的地。」

「麻煩你了。」

聽到我的這番話，艾爾擔憂地看了過來。

「雷德先生？」

「這邊的畢伊會跟你們解釋該怎麼做的。」

「沒、沒問題嗎？不是說有敵人來了？」

「嗯，絕對沒問題，勝利是屬於我們的。好了，快走吧。」

我向畢伊使了個眼色，他便牽起了兩個孩子的手。

「雷、雷德先生！下次要再教我劍術喔！」

「好，我們說定了。」

畢伊帶著他們兩人離開了這裡。

然而，敵人的氣息卻朝我直衝而來。

「果然啊。」

鎧甲的裝飾造成左邊稍微重了點，因此腳步聲大小不均，有些紊亂。我認得這個腳步聲的節奏。

不到一分鐘，十一個人影便現身了。

「嗨，亞爾貝。」

「給我加上敬稱啊，你這個D級。」

亞爾貝舉著劍鋒圓潤的處刑人之劍，朝我射來銳利的眼神。

# 第五章 意圖成為英雄的男人

現身的是亞爾貝、九個用黑布蒙著臉的追蹤惡魔，還有面無表情的畢格霍克。慢著，為什麼畢格霍克會在這裡？

他沒道理在這麼短的時間內追上我……

「武技：飛燕縮！」

當我還在驚訝之際，亞爾貝毫不留情地使出了武技。他一口氣拉近我們之間十五步的距離，朝我揮下劍。那個武技是利用高速移動來攻擊對手的招式吧。

不過武技的動作是固定的，所以很容易預判他的劍路。儘管這一擊神速，但我只往左退後一步便躲了過去。這時，亞爾貝那把揮下來的厚重大劍猛地又迅速地回砍過來。

身體在釋放武技後無法立即動彈，他這個當下能使出這一擊著實不可思議。

劍朝我的脖子直擊而來，鏘地響起了一道金屬音。

「什麼……！」

亞爾貝那傲慢的表情染上訝色。他的劍停在我的頭頂，只削掉幾根頭髮而已。

「這種便宜貨怎麼可能彈得開我的魔劍！」

亞爾貝喊道。他瞄準我脖子的一擊被我拔出的銅劍彈開。

剛才是那把魔劍的力量嗎？據說在暗黑大陸惡魔的「加護」之中，有技能可以製作寄宿著殺意的魔劍。如果我沒選擇彈開而是正面接下的話，大概會連人帶劍一起被劈開吧。那是稱為惡魔武具（Demon Weapon）的惡魔兵器。

我這把量產型銅劍跟它在品質上的差異顯而易見。

「竟然能躲開剛才那一擊……還是用那麼爛的劍。你之前在店裡沒躲掉我的攻擊是演的吧……你施展了我不知道的武技嗎？」

是指他在店裡攻擊我的那件事嗎？那並不是加護賦予的武技，只是單純的劍術而已……不過亞爾貝似乎認定那是他沒見過的武技。

我與亞爾貝互相放慢腳步調整距離。

「我果然沒看走眼，你和我同屬英雄那類人。」

「亞爾貝，為什麼畢格霍克會在這裡？」

然而，比起他，我更在意他身後的畢格霍克。

「那是因為……」

亞爾貝大概是感覺自己被無視，表情微微扭曲了起來。

「因為這個畢格霍克只是一個空殼而已。」

一道聲音打斷正要說明的亞爾貝，是畢格霍克發出來的。

那聲音宛如銀鈴般悅耳，明顯不是畢格霍克的聲音。

「……原來是這麼回事啊？最後的疑點也解開了。我還在納悶他就算從某處得到有關藥的知識，又要怎麼拿五十頭中級惡魔當祭品。這是我唯一想不通的地方，結果是背後有契約惡魔在撐腰啊。」

畢格霍克的臉醜陋地歪斜著。

「吾乃實現心願者。此人的願望是成為佐爾丹的君王，吾便助他一臂之力。吾奪取這個男人才疏學淺、毫無智慧的身體，在這個男人的能力和人格所能及的範圍內，由吾代他成為王。他的意識還在，吾所見所感之物他都能感覺到，美食和美女他也能充分享受到。雖然有完全不能憑自身意志行動這微不足道的缺點，但吾相信他滿意這一切。」

契約惡魔，即與人結下契約的惡魔。與實現心願的惡魔結下契約的故事在大陸廣為流傳，相當知名。這類故事大部分都是以悲劇收尾，愚蠢契約者的靈魂會被契約惡魔的加護吸收，用來提升加護等級，或者當作惡魔武具的材料。

這當中的主角便是這個上級惡魔。透過與惡魔以外的對象締結實現心願的契約，讓他們得以施展原本無法駕馭的強大魔法……行使相當於改變現實的神明之力。

上級惡魔擁有讓下級惡魔對他們絕對服從的技能。根據惡魔學者的分析，下級惡魔似乎也擁有具備服從上級惡魔效果的技能。那不是單純的加護衝動，而是技能所帶來的束縛。

他應該是利用這股力量召喚了巨斧惡魔們，然後把他們當作祭品了吧。

而關於藥物的知識，肯定也是他帶來的。

「上級惡魔啊？」

儘管不是擅長直接戰鬥的惡魔……

（但也不是正面交鋒就能贏的對手啊。）

就算不是露緹也行，如果達南或亞蘭朵菈菈那些昔日夥伴在場，而且喚雷劍那些過去的裝備都還在我身上，那倒是有十足的勝算。

但是，現在我只有一個人，沒有任何魔法裝備，武器只有一把銅劍。

這不是能和上級惡魔交手的狀態。雖然不是——

「沒辦法正面交鋒的也不是只有我吧。」

「…………」

有著巨漢外表的惡魔面不改色。

然而，我相信自己的猜測是正確的。

「如果契約惡魔拿出真本事的話，應該能更簡單地拿下佐爾丹才對。為什麼你沒那麼做呢？」

「……你覺得呢？」

「惡魔學我也略懂皮毛，看過不少關於契約惡魔的論文。契約惡魔的契約雖然擁有驚人的力量，但也有契約惡魔無法控制之處，對吧？」

「然後呢？」

「契約是讓畢格霍克成為王，為此你奪取了畢格霍克的身體，以他的身分一再犯下各種惡行……但也只當上了盜賊公會的副手，想必你很頭痛吧？」

契約惡魔的表情略為扭曲。

「這個地方被稱為怠惰之都可不是浪得虛名。不管是市長、各大公會的會長，就連統治黑社會的盜賊公會也一樣，這裡的首長都是論資排輩的。」

沒錯。通往首長之位的晉升路途在這個城市是按資歷來排的。升遷到一定的職位後，甚至跟實績、加護和本人的人品都沒有關聯了。年長的就是高高在上，年輕的就是悠哉等待歲數增長，根本容不下什麼野心。這是為什麼呢？

「大家可能都覺得鬥爭很麻煩吧。就算不用那麼努力，反正到時候也會輪到自己，這樣就夠了。雖然畢格霍克是盜賊公會的副手，但他的頭銜也不是副會長，憑實力最多也就這樣了。不管你再怎麼優秀，想當盜賊公會的會長也還得再等上二十年吧。」

「……哎呀，確實如此，這個城市簡直無可救藥。」

契約惡魔隻手捂住眼睛，感到可悲似的搖了搖頭。

「吾過去也實現過類似的願望。以吾的知識和判斷力，再加上惡魔加護之力，這種事理應易如反掌。老實跟你說吧，吾投降了。即便創下再多實績、準備再多報酬，還是會因為慣例而得不到認可。佐爾丹人實在是怠惰無比。」

「受到契約束縛的你，事到如今也沒辦法拋棄畢格霍克的身體。契約帶來的奇蹟已經在行使當中。如果那個奇蹟無法實現他的願望，你就會被視為沒有履行契約吧。」

如此一來，契約惡魔就不得不放棄畢格霍克的靈魂。若沒有履行契約，惡魔就必須盡數奉還從契約者身上奪取的一切，並且加護等級也會有所降低。

換句話說，非常虧。

「所以，你才會盯上同樣身為外來者的亞爾貝嗎？」

盜賊公會和亞爾貝走得很近是眾所皆知的事情。一些證言也能佐證畢格霍克是他們的中間人。

因為契約的緣故，契約惡魔無法使用畢格霍克沒有的力量，但若是締結相同的契約，他就能以畢格霍克的樣貌引發奇蹟。

契約惡魔至此也不再打馬虎眼，同意了我的話。

「契約者並不是選誰都可以。當事人必須抱有堅定的意志，但內心也要存在著抑鬱的黑暗。在這一點上，這個佐爾丹算是最惡劣的環境。大家明明或多或少抱有不滿，卻覺得無可奈何而放棄了。幸好亞爾貝來到了這裡。」

亞爾貝的加護是「冠軍」，與生俱來的英雄。然而，他沒能創下與之相符的成就。儘管他實力不弱，但在中央那邊連個人名義的B級冒險者都當不了，只是以受益於整體隊伍表現的形式待在B級隊伍而已。

一方面是因為他的身邊沒有人教他「冠軍」的加護技能該如何選擇，而他自身的才能和協調性不足等因素也多不勝數。

但現在最重要的，是他對自己的處境不滿意吧。

畢竟，他是英雄（The Champion）。

「在佐爾丹的話，亞爾貝就能成為B級冒險者。他來到佐爾丹的時候，這座城市的B級冒險者有前任市長米絲托慕大師、冒險者公會的幹部迦勒汀、聖方教會的席彥主教，還有衛兵隊長摩恩。這四人組成隊伍，只能在百忙之中抽空解決事件，極度缺乏人力。縱使亞爾貝的實力有點不足，但寬容一點來看還是具備和B級相近的能力，那也就無所謂了。」

契約惡魔這番話讓亞爾貝的表情有些扭曲。就算說的是事實，聽在他耳中想必也很不快吧。

我曾聽說當時的情況非常糟糕。那四人都忙於自己的正職工作，姑且不論現在還是衛兵的摩恩，剩下的三人都已經是該引退的年紀了，再加上平時的工作導致戰鬥訓練根本不夠，就算面對等級較低的對手也有好幾次陷入險境。

脫離隊伍變回未定級的亞爾貝來到佐爾丹後，便立刻認定他為B級冒險者，以當時的情況而言，他們只能這麼做。如此，亞爾貝便成為了佐爾丹的英雄。

「但是，我深深厭惡起這個佐爾丹了。」

亞爾貝不屑地說道：

「看著那種因為嫌麻煩就無視需要冒險者的委託的垃圾，還有一離開我的視線就只會抱怨個不停的廢物。那種傢伙是我的夥伴？還和我一樣是B級冒險者？誰會承認啊！活在這群傢伙之中的我算什麼！這個城市可是打倒一隻鴞熊就樂得歡天喜地耶！但因為這樣而把自己當作英雄的我又算什麼！如果一輩子都耗在這種地方，我的人生究竟有什麼意義！」

亞爾貝在佐爾丹愈是被周遭人們捧為英雄，就愈是助長他心中的抑鬱黑暗，就連樂天地跟著開心的隊友都讓他很看不慣。

於是惡魔便趁虛而入了。

「……不過你放心吧，D級。我是要成為英雄的男人，即使和契約惡魔締結契約，也不會支持邪惡的陰謀。」

「引發那麼多事件還敢這樣說？已經有人死了啊！」

「那是必要的犧牲。我所期望的，是佐爾丹能夠上下齊心參與對抗魔王軍的戰役，把這裡變成具備那般戰力和骨氣的地方。改革總是免不了流血犧牲。」

「對抗魔王軍？」

「聽完下面的話，雷德，你應該也能明白吾等行為絕非邪惡了。」

契約惡魔接口說道：

「首先，現在的魔王軍和前代魔王們那種已經無數次進攻過這個阿瓦隆大陸——吾等稱為昡光大陸的主流派不同。現任魔王征服了許多種族，大家都聽命於他。而沒被征服的惡魔族和勢力尚存的矮人族結盟，成為反抗軍以對抗魔王軍……儘管戰況不佳。」

「然後呢？」

「我會在這裡，當然是為了要實現這個半獸人的願望，但同時也希望戰線後方的佐爾丹也能積極參與和魔王軍的戰役。」

什麼東西？話題往不得了的方向發展了啊。

「亞爾貝的願望是成為和勇者一起打倒魔王的英雄。契約的代價也不是靈魂，而是在打倒魔王之前要將一生都投入與魔王的戰役中。如何，希望你能明白這絕非出於惡意而締結的契約。」

「這是真的嗎，亞爾貝？」

「對，是真的。」

亞爾貝直勾勾地盯著我，野心在他的眼中熊熊燃燒著。

「我從這個惡魔身上得到了力量。能夠殺死任何怪物的魔劍——斬首劍！還有即便是擁有垃圾加護的人也能賦予其戰鬥能力的『惡魔加護』！我要控制佐爾丹的議會成為將軍，然後將佐爾丹變成軍事國家，火速趕赴支援勇者的戰鬥！」

亞爾貝大吼著。

在他眼中，應該看到了蜂擁而至的魔王軍士兵，還有一同並肩作戰的「勇者」露緹與「武鬥家」達南，以及回應他的呼喚，揮舞起手中長槍的眾多士兵身姿吧。

「我是『冠軍』亞爾貝！從現在起，我不再是只能在邊境獲得認可的吊車尾冒險者亞爾貝，而是配得上英雄加護的自己！成為和魔王戰鬥的英雄的自己！我要成為真正的自己！」

離開勇者隊伍的我，和以勇者隊伍為目標的亞爾貝。

同樣因為戰力不足而被逐出去的我們，卻形成了如此強烈的對比。

＊　＊　＊

聚集在畢格霍克宅邸的南沼居民們陷入一片混亂。

艾爾救下了似乎是被衛兵藏匿起來的埃德彌，接著兩人又被另一個男子帶走了。

畢格霍克趕忙回到房間，他的一名手下宣稱要大家稍待片刻，結果已經過了不少時間。等的時間愈長，人們就愈是不安。到處都有人因一點小事起爭執，什麼時候發生鬥毆事件也不意外。

「喂、喂！大事不好了啊！」

就在此時，一名在入口處的男子喊道。無數的腳步聲，鎧甲發出的金屬聲，反射著夕陽的斧槍隊列。

「是、是衛兵啊！還是完全武裝的！」

衛兵們瞬間包圍住畢格霍克的宅邸，豎著斧槍一字排開。他們身上穿的並不是在市內巡邏時的輕裝。

他們穿著一種叫做半身甲的沉重鎧甲，由包覆上半身的鋼鐵胸甲與保護胳膊和手腳的鎖子甲組合而成，腰上則佩戴著長劍和十字弓。

手上拿的則是長約兩公尺的長柄武器斧槍。

這是在發生戰爭或暴動等非常時期所使用的衛兵全副武裝。

＊　＊　＊

不知不覺間，照亮南沼區的夕陽已有一半以上沉入了地平線。

「現在你理解情況了嗎，D級？」

「算是吧。」

亞爾貝拿劍指著我問道。

我舉著拔出的銅劍，就這樣擺出臨戰姿勢聽他說話。

「……你還記得我之前邀請你入隊的事情嗎？」

「記得啊，畢竟也就最近的事而已。」

「當時你是故意裝作無能吧？我的眼光果然不會出錯。」

「……也許吧，但那又如何？」

「我再問你一次。成為我的夥伴，雷德。你是能成為英雄的人……和我一樣。」

亞爾貝放下劍，做出向我伸出手的動作。

我與他的距離是十五步左右。這種距離瞬間就能貼近展開攻擊。

雖然還在持續對話，但我們之間卻瀰漫著焦灼般的緊張感。

「雷德，我不曉得你為什麼要隱藏實力，但擁有力量的人就有行使那股力量的義務。就像擁有『冠軍』加護的我一樣，你的加護應該也不是那種會讓你在這種邊境自甘墮落的東西。」

「就真的沒有多了不起啊。」

「別再狡辯了！你的本事是貨真價實的！」

亞爾貝大聲說道：

「說出你的選擇吧，D級！是要加入我方成為和魔王戰鬥的英雄！還是打倒我成為拯救佐爾丹的英雄！二選一！」

「英雄啊？」

「沒錯，就是英雄！你的選擇掌握著佐爾丹的命運！甚至關乎世界的命運也說不定！這難道不讓你興奮嗎？現在這一刻，這個邊境佐爾丹就是世界的中心！」

喊著喊著，亞爾貝的臉上不知不覺中浮現笑意。

他終於成了自己理想中的存在，哪怕那是他自以為是的幻想……

「差不多了吧。」

「怎麼了？」

「抱歉啊，亞爾貝。」

無數的腳步聲正在朝這裡靠近，亞爾貝的表情因錯愕而扭曲。

「你……為何？這場戰役難道不該由我們英雄之間的決鬥來分出勝負嗎……」

「我並沒有想當英雄。」

解決這個事件的舞臺不在這裡，而且我們也不是英雄。

* * *

雖然心裡清楚毫無勝算，但南沼的居民們在畢格霍克煽動下，以對衛兵的仇恨為武器，抱著縱使失敗也要讓佐爾丹領會到南沼怒火的決心，展現出抗戰到底的態勢。

實際上，這麼煽動他們的是畢格霍克事先安插在他們之中的手下，大部分的民眾都言聽計從地拿著從畢格霍克的宅邸裡帶出來的武器，臉色看起來很不安。衛兵隊長摩恩將這樣的情景看在眼裡。

「人數是他們比較多，但姑且不論武器，他們都沒穿鎧甲。」

摩恩低喃著。雖然這些人站在最前線，卻有一半都沒穿鎧甲。

「這是當然的啊，他們又不是士兵，這裡也不是戰場。」

「……也對。」

部下這麼一說，摩恩便用略顯疲憊的嗓音答道。他們並不是士兵，只是一般民眾。雖然衛兵這邊是以全副武裝出動，但那只是為了打消對面的戰意。效果確實也很顯著，不過還不至於讓他們丟掉武器，必須想辦法進一步示威。

「隊長！」

這時，一名衛兵氣喘吁吁地跑了過來。

「怎麼了？」

「是令郎埃德彌！」

「什麼？找到他了嗎！」

稍遲過後，一名肌膚微黑的青年帶著兩名少年走了過來。那是畢伊。

熟悉佐爾丹居民的摩恩也沒見過這名青年，但現在不是在乎那種事的時候。他立刻把對青年產生的些許懷疑拋在腦後。

「埃德彌！」

「爸爸！」

兩人抱在一起，感受著重逢的喜悅。

「對不起，爸爸……我……」

「沒關係，只要你沒事就好。要向人道歉的話，爸爸會陪你一起去的，如果必須贖罪，爸爸也會一起贖罪。你不用向我道歉，我們可是父子啊。」

「爸爸……！」

「很抱歉打斷你們感動的重逢。」

畢伊一臉真的很不好意思地插嘴道。

「去作個了斷吧。」

摩恩和埃德彌臉色微紅地點了點頭。

＊　＊　＊

衛兵和南沼的居民正在對峙，戰火一觸即發。

雙方武裝和熟練度的差距顯而易見，但南沼那方擁有畢格霍克宅邸這個用圍牆圍起來的堡壘，因此他們欺騙自己搞不好真的能贏。

「呿，情況很不妙啊。」

舉著長槍的南沼男子嘀咕著。不同於後方的人們，最前線這些男人一看到穿著鎧甲的衛兵們，便深知早就沒勝算了。

他們現在正在思考要怎麼逃跑，但在完全遭到包圍的情況下，就算想投降，後方也還有其他南沼居民。

「完蛋了，看來相信畢格霍克那種人的我們才是傻瓜啊。」

「是啊。」

雖然嘴上這麼說，男人們卻仍在渴望著某種契機。

讓他們在目前維持的平衡被打破而演變成無法挽回的戰爭之前，得到一個丟下武器的契機。

「各位！」

這時傳來了小孩子的叫喚聲。前鋒衛兵們分成兩邊，只見兩名少年走了過來。

他們兩人儘管神情緊張，但眼中都蘊含璀璨的意志。

「那不是艾爾嗎？旁邊是埃德彌那臭小子！」

南沼這邊騷動了起來。

「飛行（Fly）。」

畢伊施展魔法賦予兩名少年飛向空中的魔力之翼，只不過肉眼看不見。

兩人飛起來後，升到每個人都能看清楚的高度。

「各位！」

艾爾再次喊道。

「艾爾！你怎麼了！是被衛兵抓住了嗎？」

「不是的，我是自願來到這裡的，埃德彌也一樣。」

「沒錯，我也是自願過來的。」

民眾一片譁然，無法理解情況。

（在來這裡之前，我想過很多要說的事情。）

艾爾和埃德彌的任務是阻止即將在這裡發生的戰鬥。

若是他們兩位當事人出面，應該就能阻止這場戰鬥。畢伊是這麼告訴他們的。

（說出事實嗎？叫埃德彌道歉嗎？還是大喊畢格霍克騙了大家？）

為了以防萬一，艾爾把畢伊給他的原稿放在口袋裡。

迷惘的艾爾把手伸進口袋，碰到了原稿……

（不對。）

他捏爛了原稿，接著摸向腰間曲劍的劍柄。

他閉上眼一會兒……

「各位。」

艾爾說道。

「請你們回去吧。趁現在什麼都還沒發生，這裡也還沒有人受傷，都回去吧。」

「啥！」

「我和埃德彌是朋友，明天還是會一起玩耍，所以請你們回去吧。」

「說什麼傻話！你的家人可是差點被那個埃德彌殺了啊！」

「不，行凶的並不是埃德彌，那只是披著埃德彌外皮的惡魔。大家如果再繼續吃那種藥，遲早會變成連重要的朋友都會傷害的惡魔，所以在事情變成那樣前都回去吧。」

艾爾這麼說完，拉起埃德彌的手。看著那兩人，摩恩立刻舉起右手示意，於是衛兵們行動起來，讓出一條在夕陽照耀下的歸路。

「……艾爾，你能原諒他嗎？」

「我原諒他。」

匡噹一聲，最前線的男子丟掉了手中的長槍。

他表情緊張地走了出去。

「喂、喂。」

「這場戰鬥是要為艾爾報仇，雖然他還沒死啦。但既然他已經原諒對方，那我也沒有戰鬥的理由了。」

他身後的男子想要出手阻止，然而──

匡噹、匡噹、匡噹匡噹匡噹……

接二連三地響起武器被丟掉的聲音，大家紛紛踏上回家的路途。戰鬥已經結束了。當然很大一部分原因是南沼區的居民本來就想要一個能逃走的契機。此外，要是當初沒有雷德、莉特和摩恩等人事先作好準備，大概也不會有這樣的結果。不過，艾爾和埃德彌兩人阻止了戰鬥的發生也是事實。他們兩人並肩目送在衛兵們之間看似不安，卻又帶著鬆了口氣的表情走回家的南沼區居民。

＊　＊　＊

「為什麼！為什麼──！」

亞爾貝發出彷彿要撕裂喉嚨一般的怒吼。他瞪大充血的雙眼，用力撓著頭髮。他現在被衛兵們包圍了起來。

儘管有九頭中級惡魔在，但追蹤惡魔屬於刺客，縱然在自身有利的情況下很強，卻不擅長正面應對這種敵方人數較多的戰鬥。

「你還真是小瞧了我們這個城市啊。」

此外，還有一名高個子男人宛如門神般扠腰俯視著他。身為上一任佐爾丹最強冒險者的冒險者公會幹部迦勒汀也來了。

「這是……」

有著畢格霍克外表的契約惡魔毫不掩飾自己的失望，他用無力的表情詢問雷德：

「雷德，你確定要用這種方法？衛兵可是也會出現犧牲的啊？明明只要你出戰的話，就不會有任何人受傷了。」

「我可是D級冒險者啊，而且只是個開藥店的……不該由我來逮捕你們，那是衛兵的職責。他們正是為此受訓至今。」

「為什麼啊啊！」

亞爾貝大叫著。那股氣勢讓圍住他的衛兵們不由得後退半步。

「亞爾貝。」

「你可是能成為英雄的啊！你可以在這裡賭上佐爾丹的命運奮戰啊！但是為什

麼！為什麼你有那麼強大的力量卻能捨棄這一切！」

「……我當不當英雄都無所謂，只要能和莉特一起經營我那家小藥店就夠了。」

「我不能接受！至少！至少也要當一個被英雄打倒的敵人啊！讓我的人生變得有意義啊！我可是『冠軍』亞爾貝啊！最後、最後竟然淪為被衛兵逮捕的骯髒罪犯！」

「亞爾貝，住手！」

契約惡魔出聲制止，但亞爾貝依然舉劍朝我直衝過來。他朝著我的脖子揮下了必殺的魔劍。

我手中的銅劍一閃。

匡啷！

響起了劍掉在地上的聲音。

亞爾貝怔怔地看著手腕以下連同魔劍一起消失的右手。

「果然是這樣。」

「……」

「你果然隨時都能打倒我啊……」

亞爾貝那充血的眼眸流下了鮮紅的淚水。

「只要你有那個意思，要摧毀我的陰謀簡直易如反掌，太過分了……這樣實在太不公平了……」

他跪倒在地，用剩下的左手摀住了臉。

「亞爾貝，英雄並不是只要有力量就能當的。」

「你想說教嗎？」

「不是，我沒那個資格……亞爾貝，我其實更希望是你來拯救佐爾丹的危機。比城裡任何人都渴望成為英雄，始終為此苦惱的你。不是我，而是由你成為英雄啊。」

這是我的真心話。我很看好亞爾貝，雖然他有很多缺點，性格也不好，說到底實力也不夠；但正因如此，看到他以不足的實力掙扎奮鬥，拉攏不怎麼可靠的夥伴，努力配上與自己不符的身分，我才會認可他這個人。

「在我看來，不管你有多少缺點，都是佐爾丹的英雄啊。」

我不知道亞爾貝聽完這句話作何感想，畢竟我沒有讀心的技能。

亞爾貝只是無力垂首，不再作任何抵抗，老實地接受衛兵們的逮捕。

＊　＊　＊

事件結束的五天後——

「還沒好嗎？還沒好嗎？」

「唔～再等一下吧。」

我把手臂伸進浴池裡確認溫度。現在水還有點不夠熱。

就在剛才，岡茲告訴我們浴室已經完工了。

所以我和莉特立刻決定放水來泡澡。

浴室內有一個能容納三人左右的大浴池和一個壺形小浴池。

我們在隔著一扇門的狹窄房間內設置火爐，透過從火爐延伸出來的管子來對浴池的水進行加熱。

此外也可以把門打開，再拔掉火爐的管子，就能讓浴室變成桑拿，是相當經濟實惠的設計。

泡澡可以祛除疾病，阿瓦隆各地都設立了各式各樣的澡堂，不過我覺得用火爐和管子的佐爾丹型浴室算是滿便利的。

王都那邊的方式是在外面生火，然後從地下進行加熱。這樣可以立即燒熱水，然而缺點在於無法從浴室內部調節火力。

雖然莉特也能用魔法燒水，但是很難調節溫度，經常就直接燒成了滾水。而且在浴池裡放鬆泡澡前還得先集中精神施展魔法也讓人覺得很累。

「好，差不多可以了！」

「太好了！」

我轉過頭，發現莉特已經脫掉衣服，只用浴巾遮住身體。

「這，妳……！」

「雷德也快點脫呀。」

「不是說好穿泳衣的嗎？」

「沒出息！」

這、這傢伙！既然她這麼說就沒辦法了。倒不如說，她都覺得ＯＫ了，我當然沒拒絕的道理，只是有點害羞而已。雖然這沒什麼大不了的，但請原諒我的視線不知道該往哪擺。我們就這樣一絲不掛地面對面泡進浴池。

「啊啊啊啊啊啊啊啊啊啊啊～」

浴室內傳出兩個人的呆傻聲音。

「累死了～」

「我也累死了。好久沒認真戰鬥了，肌肉到現在還在痛。」

「嘿！」

莉特竟然用腳尖戳了一下我的側腹。

「唔呃！」

腹部瞬間傳來肌肉痠痛的悶痛。我也戳她的側腹作為回敬，結果她也發出了「唔呃」的聲音。她也很久沒有動真格的了，跟我一樣肌肉痠痛。

「看來偶爾還是得活動一下身體啊。」

「不見得吧～畢竟這種事又不會常常發生。」

我們都「呼～」地舒了口氣。

泡在浴池裡非常舒服，我閉上眼睛，將身體託付給熱水。

「蓋浴室果然是正確的決定啊。」

我們用這次事件的報酬來增設浴室。不過，浴室的建設費也就130佩利，沒有多貴。而且由於解決了這次的事件，平民區的木匠們以「這都是為了我們城市的英雄莉特和藥店老闆雷德」為由，聯手打造我們的浴室，所以原本需要八天的工程用五天就搞定了。我每天都會幫木匠們做午餐，結果他們非常高興，還告訴我如果還有要擴建房間的工作，隨時可以找他們。

獲得的報酬還有剩，在院子裡蓋溫室或釀造室，在那裡嘗試製作藥酒似乎也挺不錯的呢。

這時，一種柔軟的觸感抵上我的胸口。

「嗯？」

我睜開眼睛，看到眼前的莉特正帶著調皮的笑容。

剛才的感覺是莉特的……胸部抵上來的觸感嗎？

她似乎特地用隱匿技能悄悄地靠過來，沒有在浴池中興起一絲漣漪。

這傢伙戲弄人也是全力以赴啊。

儘管表面強裝冷靜，但其實我心都慌了。

「嘻嘻。」

莉特也在笑，不過她的臉也是紅通通的，總不是泡暈頭的關係吧。

明明她自己也很害羞，卻還是每次都像這樣主動親近我。

「哦？」

我抓住莉特的肩膀將她轉了一圈，讓她的背部對著我的胸口，就這樣抱住了她。

「噢。」

雖然莉特的語氣鎮定自若，但身體很僵硬。不過，她立刻就放鬆下來靠在我身上。她的身體很暖和。

「問你喔，雷德。」

「什麼事？」

「真的沒關係嗎？和亞爾貝一起走的話，說不定就能重回勇者的隊伍了。艾瑞斯可能也會對你刮目相看。」

「如果是剛來這裡的時候，我也說不準……但現在是不可能的。」

「可是，露緹他們現在搞不好過得很辛苦耶，或許都在期待你回去也不一定。」

莉特的語氣很不安。看來還是必須讓她搞清楚才行。

我緊緊擁住莉特，鼻子埋在她的金髮之中。真好聞。

「就算是這樣，我也不回去。能幫助勇者的戰力另有人在，亞爾貝可能就是其中之一，其他城鎮也有很多未來的英雄……但是，只有這裡才有妳。」

好像不對。

「也不是這樣。好吧，我就把話說白了。」

「嗯？」

「我喜歡妳，超喜歡。喜歡的程度大概是妳想像中『雷德肯定有這麼喜歡我吧』的一百倍左右。」

「呃，咦，啊……？」

「所以我要留在佐爾丹，誰說什麼都影響不了我。比起英雄，我更想當莉特身邊的雷德。」

因為沒有平時用來遮住嘴的方巾，莉特把半張臉泡進水裡遮住上揚的嘴角。最近總感覺她對我抱有某種不安，但今天之後就不會再有那種不安了吧。這樣就又能回到我們的日常生活（慢生活）了。

＊　＊　＊

佐爾丹中央區北部郊外有將軍威廉卿的宅邸，以及他麾下四十名走龍騎兵所待命的兵營和位於馬廄隔壁的佐爾丹監獄。

雖然衛兵駐地也有偵訊室，但那裡只有捉捕嫌犯的設備。即使還未經過審理，按慣例只要確定是罪犯的人都會關押在這裡。

亞爾貝和畢格霍克等相關同夥已經被關進這座監獄。

佐爾丹監獄的作用是關押犯人，在威廉的指導下……實際上他把所有工作都丟給部下們了，所以他並未插手這裡的事務——目的在於讓犯人參加開拓團，或是籠絡其成為民兵去賣命。

話雖如此，但因為大部分的犯人都付不出監獄的伙食費，所以最後還是會被當作罪奴賣掉。留在這裡的要不是資產豐富的罪犯，就是威廉的部下們覺得賣掉很可惜的強大戰士。

「喂，畢格霍克。」

腰間佩戴棍子的獄卒朝牢房裡面喊道。

畢格霍克泰然盤腿坐在地上，那可怕的眼神射向了獄卒。

「要審問你了。」

「這不在今天的行程中吧？」

「行程更動了。」

「出什麼事了嗎？」

「與你無關，趕緊出來。」

獄卒拿起棍子。畢格霍克雖然聽話但一臉嫌麻煩地拖著巨軀站了起來。他戴上手銬與防範魔法跟武技的指銬，坐在用牢固的鋼鐵大門隔離的偵訊室。

發動魔法或武技時需要做出特定的動作，指銬就是用來預防那種動作。不過，就算被銬起來也有很多技能可以應對，只是連技能都要防止的話，監獄就必須準備魔法道具。而佐爾丹監獄的實際情況是連一副幾千佩利銀幣的手銬都難以負擔。

「還不開始嗎？」

「未經允許不得說話。」

「這也是在浪費你的時間吧？真希望你可以等人來了再叫我。」

獄卒嘆了口氣。他聽說這個男人的罪相當重。

到了法庭大概會被判處極刑吧。原以為盜賊公會可能會介入，但也沒有。他們甚至有一種擺脫麻煩人物而覺得神清氣爽的感覺。

利用強硬手段爬上高位的畢格霍克是與佐爾丹風氣相差甚遠的異類，所以連自己人都在疏遠他。

不知道這個傢伙能維持游刃有餘的態度到何時……如果直接告訴他「你已經沒救了」，結果他當場大鬧的話，難道還得去制伏這個肥胖的大塊頭嗎？

獄卒思及此，雖然很期待看到他那傲慢的表情垮下來的瞬間，但一想像自己得費多大的勁搞定這傢伙，心情就鬱悶了起來。

鋼鐵大門傳來用門環敲門的聲響。

「這邊沒問題。」

獄卒答道。這是必要的程序，讓犯人在沒有上枷鎖的情況下也開不了門。

對方將鑰匙插入鎖孔，喀鏗地打開了門。

進來的是兩名男子。其中一人也是獄卒，另一人則是……

「能請這位獄卒也到外面等候嗎？我想和他單獨聊一下。」

「這可……」

「我有許可證。」

「……知道了。談完後記得從裡面和我們說一聲。」

青年如此要求之下，兩名獄卒便離開偵訊室並鎖上了門。

青年……冒險者畢伊轉向畢格霍克，露出不懷好意的笑容。

「嗨，百耶爾。」

畢格霍克臉上原本一直是從容的神情，這時因為震驚而扭曲了。

百耶爾是契約惡魔真正的種族名，也就是真名。

基本上，人類所知道的惡魔種族名只不過是人類或妖精依照其種族特性而擅自取出來的名字。惡魔們普遍一致認為，他們之間祕密使用的真名到死也不能暴露給其他種族知道。

「不用驚訝，我以前也吃過契約惡魔。我們知道幾乎所有惡魔的真名。」

「為、為什麼你會在這裡？」

「幸好雷德要我先過來，不然你當場拆穿我的真實身分可就麻煩了。」

「啊……！」

畢伊……錫桑丹掐住了想要喊叫的契約惡魔脖子，讓他出不了聲。

「你們做事也真是不瞻前顧後呢，竟然連『惡魔加護』都拿出來了。如果被人類發現那種藥其實並不需要惡魔的心臟，你打算怎麼辦？而且那種藥還有可能解放沉睡在人類體內的真正力量，神也禁止使用的吧。」

「這、這都是為了消滅你們這些異端……神會寬恕吾等罪過的。」

「抑制人類犯罪的『使者』竟然會去犯罪，真有意思。」

契約惡魔的臉上冒出汗水。

（糟了，這傢伙知道如何殺死在內部的吾……！）

已經不是在乎加護等級降不降低的時候了。

「吾百耶爾！廢除與畢格霍克的契約！」

被掐著脖子的契約惡魔用嘶啞的聲音如此宣布。

契約書憑空出現，隨即發出聲音碎掉了。

「哎呀。」

契約惡魔的周圍出現魔力的龍捲風。

錫桑丹輕輕往後一跳，避免受到影響。

「嘰————！」

擁有長著角的人類頭部和山羊腿的契約惡魔現出了真面目。

惡魔揮散火焰牽制住錫桑丹，並筆直地衝向大門。

「發生什麼事了嗎！」

聽到室內的騷動，獄卒在門外這麼問道……於是他倒楣了。

惡魔用超越人類的怪力撞向大門，鋼鐵大門頓時扭曲變形，承受不住力道而被撞飛出去。面對大門的獄卒與被撞飛的門一同飛出數公尺遠，然後被門壓在底下。他的脖子因撞擊而骨折，當場死亡。

不過，突如其來的意外讓他死得沒有任何恐懼和痛苦，這算是對這位可憐獄卒的一點救贖吧。

惡魔發出咆哮跑了起來。儘管獄卒們在防止越獄方面受過許多訓練，面對狂奔的上級惡魔也只能陷入混亂，思緒停止運轉。

沒人阻止惡魔，但惡魔跑向的地方並不是監獄外面，而是其他牢房。

「亞爾貝！」

右手纏著繃帶的男子，那雙混濁的眼眸從亂髮間看向惡魔。

「亞爾貝！重新許願吧！許願離開這裡去找勇者！」

「……我已經無所謂了。」

「不行！你已經和吾締結一生都要用來討伐魔王的契約！契約不會允許你就這樣被

埋沒在這裡死去！快許願！」

這就是契約惡魔還保有從容的原因。

即便原先的契約不用獻上靈魂，但亞爾貝如果找不到其他討伐魔王的方法，那就只能和惡魔締結獻祭靈魂的契約了。

「……好吧，隨你便。」

亞爾貝受到強迫，沒什麼抗拒地點了點頭。

「很好！吾百耶爾！現在和亞爾貝締結契約！」

本來的話，契約必須經過各種程序做到滴水不漏，但現在他沒有那種工夫。他現在必須盡快逃離這裡，把「惡魔加護」在佐爾丹的實驗資料帶回反抗軍才行。

雖說不完整，不過亞爾貝依然順利地發動契約魔法，契約書、筆以及小刀出現在他眼前。

「快點！」

契約惡魔催促著，但亞爾貝還是慢吞吞地拿起筆，寫下自己的名字後，接著朝小刀伸出手……

「可以用左手嗎？」

「隨便你，快點！」

亞爾貝用左手大拇指抵著地上的小刀割開一道小口後，將手指按在契約書上。

「契約完成！以願望為代價！你的靈魂是我的了！」

趕上了！惡魔鬆了口氣。不過，為什麼能趕上呢？

仔細想想，經過的時間不可能不夠錫桑丹追上來。

惡魔感到疑惑，但此時契約捲起了魔力風暴，下一瞬間牢房便空無一人了。

＊　＊　＊

在門口查探內部情況的畢伊露出一抹開心的笑容。

「看來很順利啊。」

萬一那傢伙把他的阿修羅身分暴露出來就不妙了。當然，一般來說是不會有人相信的吧，只會被嘲笑是罪犯在胡言亂語。不過，在這個城市至少有一個人一定能憑藉這番話找到真相。錫桑丹就是在提防這一點。

「畢伊！你沒事吧？」

「很遺憾，被他逃掉了。」

經獄卒這麼一問，畢伊便帶著自責的表情答道。但就算讓上級惡魔跑了也不會有人怪罪於他吧。畢竟對於連B級冒險者都不夠的佐爾丹而言，那可不是應付得了的對手。

甚至還可能會當作他趕跑了惡魔而給予讚賞。畢伊一邊對聚集過來的獄卒說明關於契約惡魔的事情，一邊思索著必須在這個城市裡展開的調查。

＊　＊　＊

當露緹鎮壓完魔王軍的營地，正在搜刮戰利品之際，憔悴的亞爾貝和顯露惡魔真身的契約惡魔便出現在她面前。

惡魔搶在露緹拔劍之前發動了技能。

「精神轉換——平原！」

露緹發現自己並不是在森林中的魔王軍營地，而是龜裂的荒野上。

剛才還在惡魔旁邊的男子也消失了。她微微歪起頭。

「初次見面，勇者露緹閣下，我是與人締結契約的惡魔，也被稱為契約惡魔。」

露緹冷眼看著以恭敬的舉止自我介紹的契約惡魔。她拔出腰間的劍，沒想到降魔聖劍卻變成了一把寒酸的銅劍。

「這裡是精神世界。我有些話想和妳說才帶妳過來的，請原諒我的無禮。」

「我原諒你。所以有什麼事？」

「真是冷靜呢。妳或許在找機會反擊，我就先把話說清楚吧。這裡是由我和妳的精神所構成的虛擬世界。不過，在這裡受到的傷害也會反映到現實的肉身，還請妳留意這一點。」

「是嗎？」

「現實的妳很強，但幾乎所有的技能和魔法在這個世界都是受到限制的。因此，若妳想在這裡戰鬥的話，必須先適應這裡的環境，好比說──」

契約惡魔開始集中精神。

「還能──」「辦到──」「這種事喔。」

他的分身接二連三地冒了出來。

回過神來，占滿整片遼闊荒野的惡魔已經將勇者露緹團團圍住。

「如何？嚇到妳了嗎？」

「我不會被嚇到。」

「是嗎？這個世界可是大受其他人好評呢。無妨，我只是想讓妳知道在這個世界是無法反抗我的。我並不是來殺妳的。我屬於與魔王軍敵對的勢力，所以我們心平氣和地談事情吧。」

立於優勢的契約惡魔鬆了口氣。為了生存下來，他現在必須跟勇者好好周旋。說不定還能討好勇者，這樣一來就足以抵銷在佐爾丹的失敗了。

「反抗？」

露緹偏過頭，先是看向手中的銅劍。

「這！」

眼前的情景讓契約惡魔大為錯愕。

他才剛想著銅劍怎麼會發光，結果就發現她手裡握著的是降魔聖劍。

（怎、怎麼可能！竟然能在精神世界重現祕寶級魔法道具？這種事連我也……）

「原來如此，大致清楚了。」

露緹輕聲說道，她將持劍的右手舉到空中，銀色的雨便傾注而下。

「唔，啊……噫、噫噫噫噫噫！」

契約惡魔感受到恐懼。這是他活了幾百年以來，第一次因為恐懼而無法思考。

他所見到的，是露緹隨手召喚出來的無數聖劍毫不客氣地插滿了整片荒野。那是在空中出現的無數聖劍朝著占滿荒野的契約惡魔傾注而下，將他們殺個片甲不留之後留下的景象。

「怎、怎麼會！這不可能！竟然能重現這麼多祕寶級道具！我從來沒聽說過有這等力量的『勇者』或『魔王』！」

不知不覺中，原本龜裂的荒野已經因為惡魔的血而變成飄散著屍臭的鮮紅沼澤。

「對了，你要談什麼？」

面對眼前這幅悽慘的景象，露緹神色自若地如此詢問癱坐在地，並且抱頭哀號的上級惡魔。

＊　＊　＊

「這樣啊。」

聽完契約惡魔的說明，露緹面無表情地點了點頭。

「是、是的！我絕不是與這個大陸上的人類為敵，而是來討伐忤逆神明的異端魔王。雖然惡魔確實是和阿瓦隆大陸的人類敵對的種族，但同樣也信仰神明，是至高神戴密斯的信徒。面對與神為敵的異端，我們願意忘掉過去一切恩怨，和人類並肩作戰！」

露緹泛起只有她哥哥才看得出來的笑容，聽著契約惡魔拚命解釋。

（這就是惡魔這種存在的真相呢，真有意思。）

如果哥哥在場，應該會大吃一驚，然後兩個人一起花上好幾小時來討論想法吧。

露緹覺得很可惜。而光是這一點情感上的變化，就讓契約惡魔害怕地小聲叫了出來。眼下他正被用鎖鏈綁住雙臂和手指，在露緹的帳篷裡接受盤問。

雖然露緹沒有拷問他，但他明白自己和坐在眼前的這名少女就生物而言有著絕對性的差距。他毫無反抗的力氣，只祈求自己能夠活命。

在帳篷外待命的勇者隊友們在心中默默為他寄予「竟然和勇者待在同一個帳篷裡接受盤問」這樣的同情，但他無從曉得。

亞爾貝被綁了起來，由艾瑞斯來盤問，但艾瑞斯認為他沒有什麼管用的情報就把他扔在一旁不管了。

「那麼，這個藥就是『惡魔加護』吧？」

「這是用巨斧惡魔的心臟做成的藥，能夠誕生出類似巨斧惡魔的加護。這種藥的強項在於能夠交換加護的等級。」

「交換？」

「是的！每服一次藥，就會有一級被轉換到『惡魔加護』上面。此外，如果一週沒服用的話，『惡魔加護』的等級就會有一級返還給原本的加護。」

「然後呢？」

「比起這個效果，最大的好處是在於降低加護等級的最大值。如妳所知，加護需要打倒等級相同或更高的加護才能成長，而『惡魔加護』雖然無法透過戰鬥來成長……但用這個藥就能暫時降低加護等級，讓升級更有效率，而且由於『惡魔加護』的緣故，也不會降低戰鬥能力！」

這就是整個種族的信仰其實比任何種族都虔誠的惡魔，之所以將被神封禁的祕藥製法偷偷流傳出去的原因。對惡魔來說，「惡魔加護」不是用來否定加護的藥，而是用來提升加護的藥。

「這樣啊。」

露緹在手中玩弄著從惡魔那裡搶來的紙袋，裡面裝著藥粉。

「所以這是能為討伐魔王提供助力的藥吧？」

「是、是的！但、但像勇者大人此等級別的人物，可能就不太能期待效果了。」

「那我試試。」

「啥？」

露緹當著惡魔的面毫不猶豫地把藥吃了下去。惡魔瞪大眼睛啞口無言。當然，他的目的是討好勇者。如果勇者強化後有機會打倒魔王的話，他本來就打算把藥交給她。

可是，誰會在這種情況下二話不說直接把藥吃下去呢？

「不管是毒、疾病還是詛咒都對我無效。如果這不是藥的話，抗性就會發動。」

大概是注意到惡魔的視線，露緹若無其事地如此解釋道。

嚇得目瞪口呆的惡魔聽到這句話後，全身都冒出冷汗。

（詛咒？詛咒！竟然有「詛咒完全抗性」？糟糕，這非常不妙！那個藥是將巨斧惡魔死後的怨念化為詛咒，把本應因為死亡而消失的惡魔加護連結到服藥人的身上！要是詛咒發動不了的話，就可能會失去巨斧惡魔的加護啊！）

然而為時已晚，她已經把藥吃了。必須在藥被吸收之前讓她吐出來，但惡魔既沒有這麼做的自由，也沒有那種實力。

他向神祈禱。但願，惡魔加護的效果能正常發揮。

＊　＊　＊

第二天早上，艾瑞斯和蒂奧德萊愣住了。他們兩人只能束手無策地目送飛空艇逐漸遠去。被綁住的亞爾貝不知道發生了什麼事，露出不安的神色。

「發生什麼事了？」

「不知道，飛空艇被偷走了……？」

「別逃避現實了。勇者和媞瑟不在，她們丟下我們自己走了。」

「怎、怎麼會！不可能有這種事！沒有我的魔法，她們要怎麼戰鬥啊！」

「『勇者』大人當然還是能戰鬥。」

蒂奧德萊冷冷地直言道，然後不再理艾瑞斯，開始檢查沒有人在的勇者帳篷。

「這是……」

那裡躺著一具被砍頭的契約惡魔屍體。

「並不是上了惡魔的當……這廢話吧。」

雖然留下了一些野營工具和裝備，但貴重物品都放在勇者的道具箱裡，所以她的旅途應該不會有什麼問題。不過——

「怎、怎麼會！」

她發現了掉在地上的東西，頓時驚慌失措了起來。

「勇者的證明——相傳被封印在古代妖精的遺跡之中，利用山銅製作的傳說中的護身符！」

古代妖精遺跡位於王都周邊森林的遺跡最深處，從來沒有人進得去；而勇者露緹從那裡帶出了這個護身符，向全世界證明自己是勇者。

身為勇者的露緹不可能會讓它離身……然而，現實就是勇者的證明掉在了這裡。

「去原本放著飛空艇的地方看看吧。」

蒂奧德萊獨自離開了營地。

＊　＊　＊

我是隸屬於殺手公會的殺手，擁有「刺客」加護的媞瑟．迦蘭德。

我小時候被賣給奴隸商人，在市場上被殺手公會買了下來，從懂事起就一直靠殺人維生。喜歡的食物是黑輪裡的竹輪。

出於種種緣故，我加入了勇者大人的隊伍。

雖然曾幻想了一下身為殺手的自己或許也能成為英雄，但來委託的賢者——艾瑞斯大人說得很清楚，我只是在找到下一個合適人選之前湊數用的，真可惜。

我的寵物是跳蛛「憂憂先生」，先生也是名字的一部分。

牠抬起前腳晃來晃去的模樣非常可愛。「刺客」有操控毒蜘蛛的技能「與蜘蛛共鳴」，真是太好了。

就算在這麼可怕的情況下，憂憂先生也還是充滿朝氣地在我的肩膀上爬著，揮動小小的前腳為我打氣。謝謝你，今天的晚餐就吃好一點吧。

看到天真無邪地感到開心的憂憂先生，讓我心頭暖暖的。

「還有多久才會到佐爾丹？」

一道刺骨般冰冷的嗓音響起。

「大概再三天……」

「真厲害。就算坐快速船也得花一週以上。」

她應該是在高興吧，雖然表情沒有變化就是了。我的心跳現在是一點五倍速，手也在顫抖，渾身是汗。當然，這是因為生存本能發出了哀號。

之前勇者大人曾拍著我的肩膀對我說：「妳待在我旁邊也沒事呢。」但沒這回事。我只是接受過將內心情感和臉部表情切割開來的訓練，內心早就哭出來了。

現在，我正在操縱飛空艇。

根據殺手公會好友的故鄉傳說，有一名正義的獸人英雄名叫白獠牙，他背叛了不曉得是前代還是前前代的魔王軍，奪走飛空艇，還與人類並肩作戰。

當然她也不是相信那種故事，只不過她講得很生動。

聽說她的加護是「致命交際花（Deadly Courtisane）」，意思是娼婦殺手。她講故事這麼動聽應該是這個緣故吧。

在她講的故事中，有一幕是白獠牙在教導他心愛的奴隸小女孩如何操縱飛空艇。

那是一幕像數數歌一樣教導少女操縱飛空艇的唱歌片段，但沒想到那裡的知識真的能拿來操縱飛空艇。

儘管細節部分有所不同，不過我把多餘的技能點全都拿來點通用技能「操縱」以防萬一，所以不足的部分我也能邊開邊憑感覺來領會。

拜此所賜，雖然有不懂的功能，但總算還是能讓這艘飛空艇正常運轉。

沒想到這反而引火上身，勇者大人為了讓飛空艇運轉，於是把我也帶上路了。

「請、請問……」

「怎麼了？」

「如、如果妳不願意說也沒關係，為什麼要去佐爾丹呢？」

其實我更想問她為什麼要丟下夥伴自己走，但怕得問不出口。

救救我，憂憂先生。

「？」

我看向憂憂先生求救，而牠則傷腦筋地歪起頭來。好可愛。

勇者大人看起來有點苦惱，她從懷中拿出一個小小的紙包給我看。

「雖然有做這個藥的配方，但我不知道需要什麼技能，所以要去佐爾丹找做出這個藥的人。」

「藥嗎？」

「對。」

「…………」

「…………」

「請、請問，這是什麼藥呢？」

這時，發生了一件很可怕的事。勇者大人靜靜地盯著我的眼睛……接著揚起嘴角笑了起來。忘了是誰說過，笑容本來是很猙獰的東西。我打從心底感到害怕。

「對、對不……」

「這個藥是我的希望，但是只剩下三包了，而且藥效只有一週，必須定期補充才行……所以我才想趕快到佐爾丹去。」

「好、好的！我會加油的！」

啊啊！我不該問這種事的！

我只需要默默地把勇者大人送到目的地就行了。沒錯，我是飛空艇的一部分，我是齒輪，轉啊轉啊轉啊轉啊。

憂憂先生輕巧地跳到我的肩膀上。牠在安慰我，要我打起精神來。

嗯，我會加油的。畢竟已經約好了要給憂憂先生找到可愛的配偶呢。

憂憂先生的一舉一動都是我的心靈支柱。

「天氣不錯呢。」

勇者大人抬頭看著天空說道。我是齒輪，轉啊轉啊轉啊轉啊……

＊　＊　＊

「這些日子承蒙兩位照顧了。」

艾爾彎腰鞠躬。現在是傍晚，今天艾爾一整天都在店裡幫忙，之後和莉特一起練劍。接著，我們和樂融融地一起吃完晚餐後……他就要離開這間店了。

「其實，明天早上再走也可以吧？」

莉特問道。艾爾露出開心的笑容，但搖了搖頭。

「不行，這裡待起來太舒服了……如果待到明天早上的話就會拖到中午，然後再拖到傍晚的。」

「這樣啊。」

他的腰間佩戴著我送給他的曲劍，肩上則披著莉特為他挑選的堅韌旅人斗篷。斗篷下的上半身穿著畢格霍克給的白銀胸甲，這個胸甲似乎是亞爾貝選的。

他們兩人明明沒直接見過面，胸甲穿在艾爾身上卻完全合身。這大概是因為，亞爾貝為了避免實力不足的隊友在B級委託中倒下，在挑選裝備之類的時候也會給予意見，所以眼光才會這麼準吧。

艾爾背後揹著一個袋子，裡面裝著乾糧、磨刀石、繩索、肥皂、提燈、油壺、打火石和火鐮，以及我選的止血劑、解毒藥和三瓶治療藥水。另外還有鐵鍋、餐具和睡袋。

這樣的冒險者不管到哪裡都不會丟臉。

「沒想到還邀請我共進晚餐，真是不好意思。」

穿著僧侶服的女性向我們鞠躬。她原是亞爾貝隊裡的「僧侶」，名字叫做麗婭。

沒錯，艾爾和她以及其他幾名冒險者組成的隊伍要展開冒險者活動了。冒險者等級配合艾爾從E級隊伍起步。

事件到最後又興起一次波瀾，那就是契約惡魔和亞爾貝逃獄了。

而留下來的畢格霍克失去了那一身肥肉，變成一個乾瘦寒磣的半獸人青年。

他的所作所為本來難逃死刑，但中央的惡魔學者表示對與契約惡魔締結契約還能活下來的人很感興趣，所以他昨天就在護送下前往王都了。

這應該是一起相當嚴重的事件。盜賊公會的副手和城內最強的冒險者勾結在一起，煽動居民暴動，還有在暗中操弄的惡魔以及未知的祕藥，甚至還出現了犧牲者。

儘管如此，今天的佐爾丹依然流逝著一如既往的日常時光。

南沼區還是懷著不滿，上流階級與下流階級之間存在著偏見，衛兵也仍舊受到厭惡。雖然亞爾貝不在了，但畢伊頂替他成為B級冒險者，聽說表現得很不錯。不過，還是有一處不同。

「我非常感動！當艾爾的一席話阻止了雙方開戰之際，我覺得那才是英雄真正的職責所在！」

亞爾貝的隊友們當時也在場。在騷動過去後，這位「僧侶」麗婭表示被艾爾和埃德彌的演講所打動，因此提出組隊的要求。聽到麗婭的要求，艾爾立刻就答應了。

「我還只是1級的新人……請多多指教！」

在那裡的已不再是當初我遇到的那個害怕自身加護的少年，而是一名眼神堅定的冒險者，決心接納自己的加護往前邁進。

這次的事件改變了艾爾。

「那麼，我出發了！」

艾爾伸出右手，我和莉特用力地與他相握。

「要加油唷。」

「如果缺藥隨時都可以過來，我會給你打折的。」

「不用！到時候我會找到大寶藏變成有錢人，然後買藥買到讓雷德先生能夠送莉特小姐祕銀戒指當作禮物的！」

「這聽起來很不錯呢！」

「祕銀啊？還真敢說耶。」

不錯、不錯，這樣的人才會成長。我摸了摸艾爾的捲髮，這應該是最後一次把他當小孩子了吧，這讓我有點寂寞。

「要加油啊，冒險者艾爾。」

「是！」

艾爾露出燦爛的笑容，隨即又變成略顯寂寞的表情……

之後，他便離開了雷德&莉特藥草店。

「走了啊。」

「嗯，走了呢。」

「總覺得像是有了孩子一樣。」

「啊，我也有同樣的想法。」

我們互看著彼此。

「孩子嗎？感覺不錯呢。」

「確實不錯呢。」

我們兩人一同笑了起來。

是啊，我們也該回歸佐爾丹的幸福日常生活（慢生活）了。

## 尾聲　勇者追尋而至佐爾丹

「我叫露緹，是『勇者』。」

藍髮的少女……勇者大人這麼說著，對我伸出了手。我感覺背上慢慢冒出冷汗。我叫媞瑟．迦蘭德，擁有「刺客」加護，是隸屬於殺手公會的殺手，從今天起成為「勇者」的隊友。

馬上進入正題吧，我現在面臨了人生的危機。因為眼前的「勇者」大人是遠超乎我想像的可怕人物。雖然外表是普通的女生，但光是感覺到被她那雙冰冷的紅色眼眸注視著，就讓我想逃進她看不到的黑暗裡。

然而，勇者大人現在希望和我握手。無視她會非常不妙，我本來就是因為勇者大人的哥哥——吉迪恩騎士離隊而被找來湊數的，她對我的印象不可能好到哪去。我戰戰兢兢地握住勇者大人的手，從她的手掌也傳來了壓倒性的存在感！

雇主艾瑞斯看著我們握手的模樣，露出了笑容。

「她是來替補吉迪恩的位子的。吉迪恩之前負責的雜務由我負責，但近戰的部分我就不行了。這位殺手聽說在殺手公會的菁英中也是首屈一指的高手，應該比吉迪恩可靠很多。」

艾瑞斯大人這麼介紹著我……不不不，這種介紹只會讓我的處境變得更艱難啊。瞧，達南大人和蒂奧德萊大人也都在用可怕的眼神盯著我。

我只是將表情和情感切割開來而已。

眼下這種狀況使得我的胃痛得要命。我可是人際關係一不和睦就會相當沮喪的那種人啊。

在我想著這種事的時候，艾瑞斯大人把手放在我的肩膀上，憂憂先生差點就被壓在下面了。我向艾瑞斯大人投以責備的視線，但他沒有接收到。真不甘心。

算了，反正憂憂先生也不會這麼簡單就被拍死。他正用腳敲著我的肩膀，像是在說小菜一碟似的。

「妳必須遵從我的指揮，而不是委託人艾瑞斯，沒問題吧？」

「沒問題。人數較少的隊伍如果有兩名以上指揮人的話，可能會造成混亂，所以我會聽從勇者露緹大人的命令的。」

我的任務是協助勇者的隊伍。雖然艾瑞斯大人是委託人，但委託金也是從隊伍資產中拿出來的。既然如此我就該聽從勇者大人的指揮，盡我所能幫助她。

在我看來，艾瑞斯大人是個野心很大的人，他的一切行動都是在為打倒魔王以後鋪路。當然，我也覺得這很重要，不過殺手公會接到的委託是利用暗殺技巧來協助勇者的旅程。

「好，那我就立刻給妳指示。接下來我們要去病沼討伐準備和魔王軍會合的不淨龍，妳一起來吧。」

「病沼的龍王——老不淨龍（Ancient Dust Dragon）瓦堤克也要討伐嗎？」

我的天，我可沒聽說一來就要去打龍王啊。

說起老龍（Ancient Dragon），那可是有上千年壽命的活傳說。而其中的瓦堤克則是居於病沼超過一百頭巨龍的頂點，擁有龍王這個外號。

然而，她看起來不像是在開玩笑，我也只能作好心理準備了。

* * *

我們在深度及膝的腐臭汙泥中前進。生長在病沼的動植物們都在不淨龍的影響下而扭曲變形。她們以宛如異形的樣貌發出混濁不清的咳嗽聲，像是在警告於沼澤中前進的我們。

住在大陸西南部的人，應該不會沒聽過「病沼」這個名稱。

闇之四老龍裡面，只有老不淨龍瓦堤克住在阿瓦隆大陸。

人類與前代魔王抗戰之際，三頭闇之老龍從暗黑大陸渡海來到阿瓦隆。他們幾乎全都隨著魔王軍的撤退返回暗黑大陸，但被前任勇者砍下一隻翅膀的龍王瓦堤克以及其下屬沒能回到暗黑大陸，現在依然掌控著被稱為病沼的汙穢之地。

我們要打倒的就是那個龍王瓦堤克。

「糟了！快退後！」

「武鬥家」達南大人發出嚴厲的警告。腳邊突然往下一沉，我連忙向後跳去。但是，成功躲掉的只有我和達南大人。

留在原地的，是身為「賢者」而體能不太好的艾瑞斯大人、穿著厚重鎧甲的「十字軍」蒂奧德萊大人，以及垂下劍且面無表情注視著沼澤水面打旋的「勇者」露緹大人。

「媞、媞瑟！快來幫我！」

艾瑞斯大人朝我伸出手這麼喊道，但我沒有動。

「快點把繩子丟給我！嚇到腦子不會思考了嗎，妳這個廢物！」

艾瑞斯大人繼續喊著，我還是沒有動。

腰部以下沉在沼澤裡的勇者大人並沒有看我，而是指向了艾瑞斯大人的上方。

「上面交給你們了，我負責下面。」

這麼說完，勇者大人便潛入不淨的沼澤之中。與此同時，六頭身體和大象差不多大的不淨龍從空中發動襲擊。

「噫、噫！」

我跳到空中用短劍砍向兩頭襲向動彈不得的艾瑞斯大人的不淨龍。我之所以沒有過去救他，就是因為有這群龍的關係，萬一丟繩子的時候被抓到破綻就完蛋了。

「艾瑞斯大人，我來保護你，麻煩你用魔法支援。」

「我、我知道啦！」

在站不穩的情況下要對付飛在空中的巨龍實在太難了。

我看了看周遭，達南大人和蒂奧德萊大人也都在跟巨龍搏鬥，看來是沒辦法聯手作戰了。

我在心中嘆了口氣，從狹窄的落腳處再次躍起，衝向了巨龍。

＊　＊　＊

「身手不錯嘛。」

蒂奧德萊大人邊為我治療傷勢，邊這麼說道。總共有六頭龍從上空襲擊我們。

其中兩頭由我和艾瑞斯大人解決了，一頭被無法動彈的蒂奧德萊大人一槍秒殺，剩下的三頭則被達南大人獨力打倒了。

如果少了艾瑞斯大人的強力魔法支援，我大概也沒辦法打倒那些龍吧。

雖然我自詡是殺手公會裡排行前五的菁英，但這三位英雄遠在我之上。

然而……

「勇者大人真是厲害呢。」

「畢竟她是人類最強的『勇者』啊，和我們的級別是不同的。」

蒂奧德萊大人露出看著遠方的眼神，這麼答道。

勇者大人正在把魔法生成的水從頭澆下來沖掉汙泥，她背後飄著一具巨龍的屍體。我們在開戰之前會陷入沼澤就是牠的傑作。

雖然好像不是龍王瓦堤克，但那是在其他地區可能會被稱為龍王的雄偉怪物，應該是在上次大戰中倖存下來的古龍吧。

要討伐那種大小的龍，必須組成以騎士團為中心的上千人討伐隊。而若討伐成功的話，想必指揮官就會成為足以名留青史的存在。

勇者大人隻身一人便打倒了那種怪物，而且還是在行動困難的沼澤中。

「我接下來要對付的敵人是出動軍隊也無法打倒的存在，不可能贏不了這種集結軍隊就能打倒的魔物。」

也許是注意到了我的視線，勇者大人雲淡風輕地說道。

的確，勇者大人接下來要面對的，是在與前代魔王的戰爭結束後的數百年間，人類派出過無數討伐隊卻都被殲滅的龍王。

再往後要面對的，則是侵略阿瓦隆大陸的魔王泰拉克遜。

如果無法超越至今為止在歷史上留名的普通英雄，是當不了「勇者」的吧。事到如今我才顫抖著身體領悟到自己已是這其中的一分子。

＊　＊　＊

我很喜歡英雄的故事。這是受到了殺手夥伴艾琳的影響。

艾琳跟我是室友，擅長講故事的她講過許多英雄的故事給我聽。

其中我最喜歡的，就是為了一名奴隸少女而開著飛空艇展開各種冒險的獸人英雄——白獠牙的故事。

他和那些品行端正的英雄不同，既粗魯又愛打架，有時還很殘忍，但為了深愛的少

女，無論遇到什麼樣的危險和難關，他都會毫不畏懼地勇往直前。說不定我就是受到這種有反差的角色所吸引。

白獠牙的故事和其他許多以悲劇收尾的英雄不同。他們失去了飛空艇，被風之四天王率領的飛龍騎兵逼入絕境，已經是走投無路的狀態，但白獠牙並沒有放棄。他不斷逃跑，在沒有水和食物的情況下揹著虛弱的少女穿越沙漠，終於成功與友軍會合。

大意追擊過來的魔王軍遭到高等妖精軍反擊，損失慘重後便撤退了。

「最後，失去飛空艇的白獠牙和曾是奴隸的少女跨越種族結合在一起，兩人在遠離戰火的北方小村過著幸福的生活。」

白獠牙的英雄故事有個很圓滿的結尾，我喜歡大團圓結局。

沒想到我竟然會成為在那種英雄故事的世界中登場的人物。想當然耳，現實並不會像故事裡那麼順遂。

「這是怎麼回事啊，艾瑞斯！」

達南大人發出怒吼。他那張本來就相當可怕的臉因憤怒而扭曲，如此質問著艾瑞斯大人。

「有了抗毒魔法藥水的幫助，毒素確實對我們起不了作用，但是水和食物不都全完了嗎！」

達南大人把因為病沼的潮溼瘴氣而變色的肉乾湊到艾瑞斯大人面前。

艾瑞斯大人感到語塞，向蒂奧德萊大人投以求助的眼神。

「要是亞蘭朵菈菈閣下在此的話，應該有辦法淨化蔬菜和水果，我頂多只能製造水而已。」

「這、這就沒辦法了啊，今天先忍一忍只喝水吧。我想明天應該就能抵達瓦堤克的巢穴了。」

聽到蒂奧德萊大人這麼說，艾瑞斯大人也點頭答道。他拚命在蒼白的臉上擠出笑容，試圖說服達南大人。

「開什麼玩笑啊！」

達南大人揪住艾瑞斯大人的領口。

「我應該有跟你確認過吧？我問你食物會不會有問題！結果你說什麼來著？」

「我哪想得到瘴氣連道具箱都能鑽進去啊！」

艾瑞斯大人粗魯地甩開達南大人，兩人之間瀰漫著劍拔弩張的氛圍。看到他們這樣，勇者大人面無表情地開口說：

「接下來我一個人去。」

勇者大人這句話讓艾瑞斯大人和達南大人都啞然地停止了爭論。

「露、露緹，再怎麼說這也太魯莽了！竟然想一個人去！」

「你們不吃東西就沒辦法戰鬥。我不需要吃東西，所以沒問題。」

勇者大人的「勇者」加護具備形形色色的抗性。

她之所以不需要進食，應該也是這類技能的緣故吧。但是不管怎樣，隻身去對付阿瓦隆大陸最強的龍實在是……

「還不知道瓦堤克什麼時候會有動作。如果不淨龍出動的話，牠們行經之地都會像這個病沼一樣受到汙染，所以現在必須去打倒牠。」

勇者大人淡淡地說道，語氣聽起來沒有絲毫情緒。

那句話既沒有要說服我們的感覺，也不像是在體諒跟不上她的我們。彷彿只是在傳達既定事實一般，非常平鋪直敘。

我也跟艾瑞斯大人還有達南大人一樣為難，唯獨蒂奧德萊大人點點頭站起身。

「畢竟無法保證明天就能找到瓦堤克，我們跟過去也只會妨礙到探索。在找到食物的對策之前，我們暫且撤退，瓦堤克就交給勇者閣下吧。」

「蒂奧德萊！」

艾瑞斯大人發出尖叫般的責難聲，但蒂奧德萊大人只是微微一笑。

「我可以說句話嗎？」

所有人視線都集中到舉起手的我身上。艾瑞斯大人瞪著我暗示不要多嘴。面對這種不習慣的狀況讓我的胃絞痛了起來……嗚嗚。

「我覺得這些應該可以吃。」

我從自己的道具箱裡拿出用紙包著的櫻桃大小的藥丸。

「這是殺手使用的緊急糧食。包裝紙上有塗藥，能夠隔離汙水和有毒氣體。而且裡面的藥丸含有以鍊金術調合的藥草，一顆就能補充生命一天所需的營養和水分。但味道就像泥土一樣，所以我不保證你們會滿意。」

殺手有時候需要藏在汙水裡好幾天。

而這個藥丸就是用來在那種情況下維持生命的祕藥。雖然製作方法不能外洩，不過提供給大家吃應該沒問題。

「殺手的食物嗎……這真的能吃嗎？」

艾瑞斯大人投來懷疑的眼神；然而——

「哦哦！這可真是太感激了。」

達南大人那張剛才氣到漲紅的臉上浮現出笑容，從我手裡接過藥丸，三兩下撕開原本得用小刀才能劃破的包裝紙，丟進了口中。

「這玩意兒好難吃啊。」

「抱歉。這個不能吞下去，必須在嘴裡含三十分鐘才行。」

「這樣啊，不過還是幫大忙了。我還在想艾瑞斯那小子帶來的會是什麼貨色，沒想到挺能幹的嘛。」

別說了！都怪你講這種話，艾瑞斯大人在後面瞪著我啊！

我內心流著冷汗，但沒表現在臉上就是了。

＊　＊　＊

「很失望嗎？」

我在準備紮營時，傳來一道聲音這麼問道。我轉過身去，發現是蒂奧德萊大人。

我不明所以地歪起頭來。

「我們是一盤散沙吧？以拯救世界的『勇者』和其夥伴而言實在很不像樣。」

「……不，沒有那種事。」

的確，這個隊伍的團隊合作很差。勇者大人負責對付最強的敵人，其他人則是分散各處逐一擊破其他敵人。

雖然個個都是頂尖強者，所以這種作戰方式沒問題，但如果對手更強，那麼他們這邊就會遭到逐一擊破吧。我接受的殺手訓練是為我方製造優勢，老實說這樣很難戰鬥。

「之前並不是這樣的。」

蒂奧德萊大人看向獨自在稍遠處隨手將聖劍丟到一邊，什麼也不做在眺望遠方的勇者大人。

「不久之前，我們還能配合得很好。識破敵人的威脅和弱點，哪邊該進攻、哪邊該防守分得很清楚。勇者閣下也不是獨自戰鬥，而是配合大家的情況作戰。」

「是因為吉迪恩先生嗎？」

「對，吉迪恩閣下離開之後，我們隊伍才變得如此分散。」

吉迪恩．萊格納索。我之所以會加入這個隊伍，聽說就是因為他離隊的緣故。艾瑞斯大人說他一直是隊伍的負擔……

「之前探索『流血水道』的時候，也遇過周圍瘴氣滲透到擁有空間收納能力的魔法道具的現象。當時吉迪恩閣下是事先用特殊的布包住道具箱作為解決之道，大概和媞瑟閣下使用的包裝紙是同樣的道理……只要吉迪恩閣下在，我們一路上從未煩惱過戰鬥之外的問題。雖然他沒有『技能』，但他一不在，我們就變成這副德性了。」

「…………」

「戰鬥時也是如此。吉迪恩閣下不會不分青紅皀白地下指示，他很清楚自己的地位是『勇者』的副官。但不知為何，我們只要各自行動起來自然就能配合在一起。現在想起來簡直不可思議。」

蒂奧德萊大人彷彿在回憶現在已不在這裡的那個人似的閉上雙眼，與其說她在跟我說話，倒不如說是在自言自語。我不知道該說些什麼，只能保持沉默。

「亞蘭朵莅莅也離開了。本應存在的信賴關係也消失了。我們的隊伍需要吉迪恩閣下……但為何勇者大人她……」

我悄悄地離開陷入沉思的蒂奧德萊大人。

對這支新隊伍的不安油然而生。

＊　＊　＊

探索病沼的時間比預估的還要久。艾瑞斯大人從當地領主那兒得到的地圖根本就不管用。

我們撥開有毒的泥濘，不斷和從空中或沼澤底部襲來的不淨龍，以及趁我們睡著時偷偷靠近的寄生青蛙希莫夫等危險生物戰鬥。

即使我受過適應嚴酷環境的殺手訓練，也覺得快受不了了。

（而且……）

怒吼聲響起。

「給我適可而止一點吧，達南！用不著一一向我報告你那比哥布林的發明還沒用的直覺！」

「嗄？還不是因為你的帶路一點屁用都沒有我才說的！」

他們今天已經吵第三次了。在疲憊的情況下只會更加耗損精神而已。

蒂奧德萊大人也露出厭煩的神情嘆息。

只有一人，唯獨勇者大人完全沒有理會我們，逕自沉默地尋找著龍王。

進入病沼的第七天——

當連日維持結界的蒂奧德萊大人的臉龐變憔悴之際，我們終於到達了龍王的巢穴。牠似乎是一頭貪婪的龍，用石頭在散發著腐臭的汙泥中堆砌出藏寶庫，正躺在搶劫人類而來的財寶上。

那些財寶在過去應該是以金色光輝照耀著這片黑色病沼的吧，但現在大部分都被不淨龍的有毒體液腐蝕，化為灰色的破銅爛鐵。

「來者何人？」

眼前這頭龍比以往遇到的更大一號，牠起身後，那身黯淡的鱗片摩擦出令人不快的聲音。

「那就是龍王瓦堤克！」

艾瑞斯大人喊道，左手開始結印。

「你們就是傳說中的『勇者』一行人啊？滾回去吧小鬼，吾乃瓦堤克，沉滯於大地的不淨之王。」

「遇到髒東西燒掉就行了！烈焰風暴！」

艾瑞斯的魔法捲起足以照亮黑色沼地的業火和暴風。

瓦堤克被火焰風暴團團包圍，但牠卻笑了起來。

接著，牠張開尖牙參差不齊的血盆大口，噴灑帶有毒液的碎片吹息。不僅如此，碎片吹息還被劇烈呼嘯的烈焰風暴點燃，朝我們襲擊而來。

「媞、媞瑟！」

在艾瑞斯大人喊我之前，我已經抓住他的衣服衝到了岩石後面。

「呿！艾瑞斯！你的火焰太礙事了，根本沒法接近啊！」

達南大人神乎其技地躲開了飛來的無數碎片。

蒂奧德萊大人旋轉長槍將碎片彈開，勇者大人則完全沒有防禦，只是沐浴著起燃的有毒碎片紋絲不動。

「要是我沒被瞄準發動魔法的瞬間，這點攻擊也是躲得開的好嗎？」

艾瑞斯大人還在嘴硬不認輸，但現在不是計較這個的時候。

烈焰風暴的火焰讓達南大人無法攻擊瓦堤克。不過，瓦堤克確實也被烈焰風暴封住了行動。

艾瑞斯大人似乎打算就這樣等到瓦堤克力竭為止。

「牠可不是靠一招魔法就能壓制的對手。」

勇者大人說完這句話，便舉起劍衝入大火之中。勇者大人說得沒錯，儘管瓦堤克全身都遭到烈焰風暴灼燒，卻依然揮動著骨頭凸出來的尾巴，眼看就要掃向勇者大人。

然而，不知是不是因為烈焰風暴讓牠無法行動自如的關係，勇者大人的動作比牠快了一瞬。

沉重的斬擊聲響起，龍停下了動作。我看到鑽到牠胸前的勇者大人那把在火焰映照下閃閃發光的聖劍。

龍首傳出緩緩下滑的聲音，只見龍的首級掉了下來，隨著噴出的血一起落在牠收集的財寶上，有毒的血液將剩下的財寶也糟蹋掉了。

龍王瓦堤克已死。艾瑞斯大人發出歡呼聲，但勇者大人絲毫沒有高興的模樣，她只是露出疑惑的神情，握著劍環視四周。

下一瞬間，從沼澤中衝出了三道水柱。

「怎麼會！那不是瓦堤克嗎！」

蒂奧德萊大人喊道。這時從水柱中出現的是三頭和勇者大人打倒的瓦堤克一模一樣的巨龍。

「不對，不管是我打倒的還是現在出現的，都不是瓦堤克。」

勇者大人平靜地說道。為什麼她能預料到這種事呢？龍王瓦堤克，阿瓦隆大陸最強的存在竟然沒有親自顯威，而是靠替身想讓我們大意。三頭龍王的替身同時往勇者殺了過去。

「技能：『殺手生存術』。」

但在牠們面前的並不是勇者大人。我看著出現在眼前的巨大龍牙，邊在內心哀號邊舉起了劍。

「刺客」的固有技能「殺手生存術」能夠瞬間調換自己和隊友的位置。雖然這原本是將隊友拿來抵擋敵人強力攻擊的求生技能……但也可以這樣用。

我將劍刺向感到困惑的巨龍脖子，這對牠的巨軀來說，應該就像是被針扎了一下吧……但「刺客」是憑一根針就能殺死對方的加護。

重要的神經和血管所在的致命處「死點」遭到貫穿，龍的身體抽搐了一下，便癱倒在地。

「臭傢伙！」

剩下的兩頭龍發出憤怒的咆哮。剛才那一擊是因為對方的注意力不在我身上才能得逞，現在牠們注意到我就沒辦法再用一次了。但是，我並沒有技能可以阻止這兩頭如此強大的巨龍。

我用雙手護住要害，作好承受巨龍獠牙的心理準備。

但龍牙並沒有碰到我，而是盡數遭到粉碎。

「對對對，之前就是這種感覺啊。」

「明明只是各自採取行動，卻自然促成了隊友之間的配合。」

達南大人和蒂奧德萊大人站在前面保護著我，他們分別用拳頭和長槍擊飛了龍王的替身們。

見狀，勇者大人像箭和子彈一樣衝了出去。她從打倒替身的我們身旁竄過去，高舉聖劍跳了起來。

與此同時，隱匿魔法瞬間消失，藏在後面的龍王瓦提克本尊現身了。

「『勇者』！吾要在此地埋葬妳！」

如同傳聞，龍王瓦堤克的一隻翅膀從中間斷了開來。被前任「勇者」奪走一隻翅膀的龍王，彷彿在宣洩累積上百年的憎恨似的咆哮著。

龍王瓦堤克張開嘴吐出了碎片吹息。

然而，牠的吹息和其他的不淨龍完全不同。那是將參雜著細小碎粒的毒液壓縮成又細又猛烈的吹息。

「危險！快閃開！」

吹息宛如刀刃一般撕裂病沼而來，隨著達南大人的警告，我們跳了起來。看著用岩石堆砌的龍穴被一分為二，我頓時一陣戰慄。

「勇者大人！」

逼近的吹息讓我不禁大喊出聲。勇者大人為了攻擊瓦堤克的頭部而跳到空中，看起來太過不設防了。

勇者大人回頭瞥了我一眼，然後輕輕點了點頭，像是在說不用擔心。

接著，她竟然握緊沒有持劍的左拳，用拳頭把足以劈開石頭的吹息給掃開了！

砰！

伴隨著衝擊聲，吹息遭到粉碎的龍王嘴裡噴出了血。

龍王狀似難以置信地踉蹌起來。我也不敢相信。勇者大人用拳頭掃開了能劈裂岩石的吹息，造成的衝擊沿著液態吹息破壞了龍王的喉嚨。

勇者大人揮下架在右手的劍，使出比龍王的吹息更劇烈、銳利且恐怖的一擊，將阿瓦隆大陸最強的生物一刀砍成兩斷。

＊　＊　＊

回過神來，我正倒在地上。

「……咦？」

「沒事吧？」

蒂奧德萊大人擔心地探頭看著我的臉。

「妳好像是中了不淨龍們的毒氣。」

「……非常抱歉。」

相較於他們，我這個新人的加護等級相當低。看來我抵抗不了對他們起不了作用的毒。這就有點丟臉了。

「真是的，我可是花了高額報酬僱妳來的，就不能再中用一點嗎？」

聽到艾瑞斯大人這番話，我正要再次道歉之際——

「媞瑟表現得很好。」

然而，勇者大人打斷了艾瑞斯大人的發言。艾瑞斯連忙囁嚅著辯解幾句，接著就沉默了下來。

「媞瑟，妳為什麼要幫我？」

勇者大人看著我的眼睛問道。在那雙清澈紅眸的注視之下，我感覺到壓迫感而嚥下了一口唾沫。

「因為我覺得勇者大人會有危險。」

這個隊伍的中心自然是勇者大人。我倒下沒問題，但萬一勇者大人倒下了，這個隊伍甚至可能會瓦解。所以，我認為應該保護好她……我如此解釋著，但心裡頭的緊張導致我無法表達得很流暢。

「這樣啊。」

勇者大人輕輕點頭後，站起身來。

「謝謝。」

她直截了當地這麼對我說道。我大吃一驚，不過我應該沒有聽錯。

達南大人見狀笑出了聲，蒂奧德萊大人雖然很驚訝，但也微微一笑；艾瑞斯大人則有點不知所措，然後開始嘀咕說我是他僱來的等等。

我們在今天這個當下確實是一個團隊。然而這是第一次，同時也是最後一次。勇者大人愈來愈強，成為我們望塵莫及的存在。

我再也沒能幫到勇者大人。勇者大人一直都是獨自戰鬥，然後獲勝。我們光是跟隨勇者大人的腳步就已經是極限了。

艾瑞斯大人愈來愈被孤立，達南大人總是一副不開心的樣子，蒂奧德萊大人則為這樣的隊伍感到憂心忡忡。我也無能為力，腦中回想起那天和龍王交戰的情況。當時，勇者大人好像在我的行為上看到了其他人的影子。對方應該是這世上唯一一個處於保護勇者大人立場的人物吧。我是無法取代他的……

＊　＊　＊

「媞瑟。」

當我一邊盯著飛空艇儀表一邊回憶往事之際，勇者大人朝我出了聲。我轉過身去，便發現勇者大人正用她那雙冰冷的紅色眼瞳注視著我，感覺周圍的溫度都下降了。

「可以看到燈火了。」

「燈火嗎？」

我們來到甲板，寒冷的夜風拂過臉頰，我輕輕打了個哆嗦。

勇者大人迅速伸出手臂，指著前進的方向。的確，她所指的方向能看到點點的細小燈火。

「那是佐爾丹的燈火吧。」

「沒錯，我們到了呢。」

勇者大人凝視著那些像是螢火蟲飄浮於黑暗中的細小燈火。

「謝謝。」

「咦？」

「謝謝妳把我帶到了這裡。」

勇者大人看著燈火，對我這麼說道。

這是勇者大人第二次跟我道謝，我又幫到她了嗎？

「那就是佐爾丹。」

勇者大人按住隨風搖曳的藍髮，微微勾唇一笑。我不曉得那裡有什麼，也不曉得勇者大人在尋求什麼。

更不知道接下來會發生什麼……

佐爾丹就在眼前了。

# 後記

非常感謝閱讀本書的各位讀者！我是作者ざっぽん。

多虧大家的支持才能順利出版第二集！

第一集發售的時候，我緊張到完全靜不下心來，不過得知熱銷到再版加印之際，不僅放下了心中的大石，也真的感到很開心。

看過第一集的讀者應該都已經知道了，但或許有的讀者是先從第二集開始看，所以我重新介紹一下。本作是在「成為小說家吧」網站連載的作品，後來接到了Sneaker文庫的「一起做成實體書吧！」的邀請，才能像現在這樣送到各位讀者的手上。

Sneaker文庫從輕小說的黎明期開始便推出許多名作。一想到書店架子上一排排書脊之中可能會有我的兩本作品夾在裡面，我就不禁雀躍了起來。我的目標是要把書架的一整排都擺滿！

此外，本作的漫畫版也在月刊少年Ace上展開連載。負責漫畫版的是池野雅博老師！同時也在ComicWalker以及Niconico靜畫上刊載，如果可以的話，請大家務必去看一看！變成漫畫而動起來的莉特擁有和小說不同的可愛之處，我想喜歡本作的讀者一定會看得很開心！

那麼，稍微提一下本作的內容吧。這部作品的兩集主題都是「幸福的慢生活」。主角雷德被趕出勇者隊伍後，在遙遠的邊境佐爾丹過著幸福的生活。雖然在那裡沒有創下能名留青史的豐功偉業，但有可愛的女主角作伴，還自己開了一間小歸小但經營起來很有成就感的藥店，就是這樣的慢生活。

如果要以這種主題來描寫奇幻世界的慢生活，首先就必須設定在這個世界不同於慢生活的一般生活。正因為存在著不慢的生活，慢生活才會有它的價值。

我在思考什麼才是ＲＰＧ世界裡普遍來說比較有效率的生存方式時，想到既然每個人從誕生之後就有固定一套升級成長的模式，那麼按照成長路線的生存方式就是最有效率的。大概就像是力量較高就當「戰士」，魔力較高就當「魔法師」的感覺吧。相反地，如果無視了自身的能力數值，選擇不適合自己的生存方式，那麼人生應該就會過得非常辛苦。

這種生來便決定好的成長路線，在本作裡就相當於神明賜予的「加護」。在這個世界裡，無論好人壞人、人類還是魔物，動物甚至是昆蟲都背負著「加護」所賦予的職責，遵照職責而活才是正確的作法，世界是透過「加護」來運作的。

正因為是這樣的世界，我覺得擺脫「加護」的職責，自由地朝自己心目中的幸福慢生活前進才會是一件寶貴的事情，顯得更加幸福。

總結來說，我想表達的是，雖然今後會不斷擴展世界觀，提到佐爾丹之外的世界有什麼樣的國家和地區，什麼樣的人生活在那裡，還有勇者和魔王的故事等……但這部作品從頭到尾都是在描述住在佐爾丹的雷德和莉特得到幸福的故事！

希望各位讀者今後也能繼續沉浸在雷德他們的幸福慢生活中，這是身為作者由衷的盼望！

這次能夠像這樣將第二集送到各位手上，各方的助力也是不可或缺的。請容許我借用這裡向各方人士表達謝意。

在第二集也為本作描繪出色插畫的やすも老師，封面的緊貼感傳達出他們互相都覺得很幸福的感覺，真的是非常棒的插畫！然後是依舊把長得要命的書名完美排進やすも老師封面插畫裡的設計人員，實在是太感謝了！還有這次也把錯漏字百出的原稿修正到讓我可以充滿自信地呈現給讀者的校對人員，非常感謝協助！

再來是根據小說的內容來分配插畫，並且安排宣傳之類的事務，這次同樣為了這部作品而比任何人都還要賣力的宮川責編，這次也請讓我由衷地向您表示感謝！謝謝您的幫忙！為了能再次一起製作更多的書，今後也請繼續多多指教了！

最後是閱讀這本書的讀者、從第一集追到現在的讀者，以及從網路版就一直支持著我的讀者，如果沒有各位就不會有這本書存在，真的非常感謝大家！

那麼，我們相約第三集再見吧！

2018年　寫於在窗邊眺望夏日雲朵時　ざっぽん

大家好，我是やすも。
第二集登場的角色也非常棒。
我抱著和前集一樣愉快的心情繪製了插畫！

**因為不是真正的夥伴
而被逐出勇者隊伍，
流落到邊境展開
慢活人生3**

**即將發售！**

# 因為不是真正的夥伴
# 而被逐出勇者隊伍，
# 流落到邊境展開慢活人生

Banished from the brave man's group, I decided to lead a slow life in the back country.

國家圖書館出版品預行編目資料

因為不是真正的夥伴而被逐出勇者隊伍，流落到邊境展開慢活人生 / ざっぽん作；Linca譯．-- 初版．-- 臺北市：臺灣角川，2020.06-
　冊；　公分．-- (Kadokawa fantastic novels)
譯自：真の仲間じゃないと勇者のパーティーを追い出されたので、辺境でスローライフすることにしました．2
ISBN 978-957-743-821-8(第2冊：平裝)

861.57　　109005101

Kadokawa
Fantastic
Novels

# 因為不是真正的夥伴而被逐出勇者隊伍，流落到邊境展開慢活人生 2

（原著名：真の仲間じゃないと勇者のパーティーを追い出されたので、辺境でスローライフすることにしました 2）


2020年6月8日　初版第1刷發行
2021年10月29日　初版第2刷發行

作　者：ざっぽん
插　畫：やすも
譯　者：Linca

發行人：岩崎剛人
總編輯：蔡佩芬
編　輯：彭曉凡
美術設計：李思穎
印　務：李明修（主任）、張加恩（主任）、張凱棋

發行所：台灣角川股份有限公司
地　址：104台北市中山區松江路223號3樓
電　話：（02）2515-3000
傳　真：（02）2515-0033
網　址：www.kadokawa.com.tw
劃撥帳戶：台灣角川股份有限公司
劃撥帳號：19487412
法律顧問：有澤法律事務所
製　版：巨茂科技印刷有限公司
ISBN：978-957-743-821-8